五囝仙偷走的祕密

謝鑫佑／著

不要把事實告訴不值得的人。

——馬克吐溫

根據統計，
只有百分之零點三的人能辨識謊言，
因此人們需要藉助測謊器材或儀式來獲得眞理。

——包威克特《上帝打了一個噴嚏》

目次

〈五子五仙〉

趴鼎金，選五子，
五子領奇能，本領通天萬事成。

一個大王作穡人，
仁德心，孝慈親。
驚熱蒙棕簑，種籽歕歸堆，
煩惱天未光，煩惱鴨無卵。

二個大王讀冊人，

智慧深，佛撞鐘。
出世肚子大，自然會唱歌，
人睏紅眠床，伊睏冊房間。

三個大王渡船仔，
啼三聲，予人驚。
飯篱核韆鞦，鍋藝水裡泅，
龍船鼓水渡，水車拍碌礡。

四個大王放雞鴨，
人見人愛，笑開懷。
雞母換雞鴐，雞鴐會生卵，
有米兼有飯，欲食各自揀。

老五拿針縫水水，

丈人鞋，甜紅粿。
𡢃衫給你穿，𡢃帽給你戴，
嬰仔無愛哭，挈你去看戲。

趴鼎金，五囝仙，各司本領藏奇兵，
五仙護百姓，年年過好年。

01

是直到國小老師王勝邦跟他們，聽完了保安宮說故事比賽的第八個孩子，唱完歌謠，鞠躬道謝下台，他才想起去年剛來國小的一些瑣事。

王勝邦老師是主動向教師評審委員會提出申請，才有機會離開台北，南下高雄任教的。幾個熟知內情的學長姊告訴他，申請下鄉教育計畫的三十幾人中，王勝邦的資料最快核准，文件流程幾乎只花了蓋壓官防的時間，就完成王勝邦的心願。聽說是負責審核的長官們確實知道些甚麼，但大家嘴上都沒說。

當時國小大門前新植的兩排桂花，只有膝蓋的高度，每天下午三點驅車來門口煎蔥油餅的老闆，總在停妥發財車後，先拎了兩只可樂空瓶，從警衛室後的水龍頭打水將幼苗澆一遍。

王勝邦後來常想，若非這些桂花苗一年便能長至耳齊高度，這所國小的模樣，恐怕沒多少人能分辨數十年與今日的差異，就像覆鼎金這個地區一樣。

一年多前抵達覆鼎金，這個地方給王勝邦的感覺，與幾部偶爾會在電視上輪播的早期老台灣電影中的環境差不了太多，塵土飛揚的產業道路、距離生疏遙遠的路燈、板凳上坐了一下午卻不曾改變姿勢的老太婆。

王勝邦當時覺得，此處該是十多年前便如此樣貌，十多年後亦然。

其中帶給他印象最深的是占地極廣的墓區，及墓區中緊鄰墳墓而居的住宅。

那是他到這裡的第一個週日上午，王勝邦按地圖走進墓區的鼎金一巷，一個女孩從路旁看似無人居住的屋子推門而出，嚇了王勝邦一大跳。

當時，他不認爲墓區內能住人。是一直到後來得知班上幾個同學的親戚從事殯葬職業，同時也住在覆鼎金墓區，他才猜想那位嚇他一跳的女孩，說不定是班上學生，只是他記不住她的樣貌。

國小校長在王勝邦抵達報到時正巧出國考察，他特地請人爲台北來的新老師準備了職員宿舍。校內原有的幾個老師都是高雄出生的當地人，學校並未設立教師宿舍。臨時需要的房子是委請里長郭科星向街坊問來的，距離學校走路大約只需要幾分鐘的路程。

王勝邦先前還想爲自己在當地準備代步用的機車，但一見宿舍離學校這麼近，索性將花費省下了。幾個月後，王勝邦刷銀行存摺，看見帳目上額外的幾萬元機車預備款，想起自己除了當年前妻黃淑華懷有兒子王聖任時，認眞存過一陣子教育基金，此外似乎不曾認眞拿起紙筆計量過任何關於生命以外的數字，不過有件關於算數的事他記得很清楚。

在還是幼稚園年紀，王勝邦經常獨自在黃昏無人的住家窄巷內排石子玩耍，他將鄰居水溝旁盆栽裡的白色圓石頭挖出來，像排列某人的墓誌銘一般，規律且線條優美地讓它們占據一整面巷口的黑色柏油路面。

那次就在王勝邦排下手中最後一顆石子，他發現自己竟清清楚楚在心中數下一百九十二這個對他毫無意義的數字。

就在他猜測可能是石頭的數量，或某些隱藏在裂縫中的記憶編碼時，從視線可及巷口最遠末端的模糊視焦中，他辨識出那位每日放學行經，總蜷曲於藤椅上白髮病稀、歪斜瞪眼，用只有亡靈才能解譯的語言問候每個路人「你呷飽冇」的老姑婆，正蹲踞於一張破爛藤椅的椅背上，緩緩升到空中，蒼白的頭髮與膚色像月亮一般明亮。

這件事讓王勝邦後來每次遇見一百九十二這個數字總會刻意避開，他生怕又有甚麼人因此浮升至半空，變成月亮。

學校幫忙租來的房子配有家具，王勝邦只須簡單打掃就能住進去。

很久之後他回想，那確實是里長郭科星對他這位外來者釋出的最大善意。因爲抵達覆鼎金一個月後，王勝邦才知道，同一個時間另有兩位都市更新評估員，也在附近尋找能長期租賃的房子。卻因爲里長郭科星早已打點交代，他們足足拖了六週，才租到空屋。

後來王勝邦與男評估員溫文仲的交情好到稱兄道弟，加上自己對這個地區的了解，他才逐漸明白爲甚麼居民要對待溫文仲、唐麗芳這兩位都市更新評估員如同仇人一般。一開始，王勝邦甚至願意相信，是這個地區大片墳墓所產生的瘴氣飄散空氣中，以至於這邊的人們活在一種屬於自己才知道的世界中。

早在王勝邦因爲教育下鄉計畫抵達覆鼎金前一年，溫文仲與唐麗芳便以都市更新調查的理由穿梭在這個古老地區。

縣市合併後的大高雄，地理位置中心由過去因港務貿易繁榮的鹽埕區、前鎭區擴散至新興區、苓雅區、三民區。大批學者們的手在空中圈了一個形狀怪異的圓，向政府官員表示未來的繁榮，將出現在過去不曾料想的覆鼎金一帶，包括整個三民區的東北區域、整個鳥松區的西半部，最遠甚至能擴及仁武區的西南區域與一部分左營區的右側。

爲此，政府幾年前設立了都市更新計畫課室，逐年挹注資金從考察評估到規劃施作，以一種數十年後回顧，會訝異其飛快的速度，修改大家對這些地區上各個名稱的想像。

覆鼎金當地的人們並不知道這些人的判斷正確，溫文仲與唐麗芳只是這一切的開端，就像遊樂園內的雲霄飛車一開始必然攀上的最頂點，接著就是向下極速俯衝。

郭科星的里長辦公室接待過溫文仲與唐麗芳兩次。第一次，郭科星的妻子張上蕙爲他們殺了鳳梨園內放養的一隻烏骨雞，以破布子燉成南部獨有鹹甘口味的雞湯；第二次她只爲他們倒了兩杯清水，並在午後雷陣雨前趕他們離開，因爲她能忍受丈夫郭科星在知道他們來覆鼎金調查，是爲了幾年後都市更新做準備，而三番兩次數落自己爲他們白白浪費了一隻雞；卻無法忍受附近鄰里用責備共謀的眼神，瞪視門前藍底白字的里長辦公室門牌。

那天，溫文仲與唐麗芳走後不到十分鐘，天空下起了南部夏季才有的那種連門前馬路都無法看清楚的滂沱大雨。

張上蕙順手朝門外潑掉兩杯完全沒喝的清水，發現其中一人的筆記本遺留在他們坐過的藤椅上。該幫他們保管下次交還，或留給丈夫郭科星處理的兩個念頭短暫閃過張上蕙心中，最後筆記本被她轉身忘在五斗櫃上，不再想起。

那是溫文仲的筆記本，裡頭的內容與覆鼎金的都市更新案完全無關，是後來王勝邦因爲郭韋瑄的家庭訪問來到郭家，在離開穿鞋時，發現這本擱在鞋櫃上滿布灰塵的褐色外皮活頁記事本。

「這不是老師帶來的？我還以爲這是老師的東西。」郭科星一邊大聲說話一邊使勁摟了站他腳邊的郭韋瑄。

王勝邦當時以爲自己算錯了張上蕙收起尚留有體溫的拖鞋的時間。她像定格一般，讓背弓彎停留，如同刻意裝模作樣的拘謹道別，也像爲了應和丈夫的話，而刻意彎低的身體弧度。

張上蕙的姿勢在王勝邦眼中，就像在爲不曾與丈夫提起這本筆記而恐懼，她刻意避開目光，不與放在鞋櫃上一年多的筆記本有任何接觸。

帶走筆記本時，包括王勝邦自己在內，沒有人知道裡面的內容。

他後來告訴溫文仲，那種用悲傷眼淚當做墨水混寫而成的文稿，多半因後人無法鑑識，而被遺忘在歷史之中，只有莎士比亞或狄更斯這類書寫之初，就是爲了留下來讓人閱讀的文字，才有可能以加工金屬藝品的細膩方式謹慎處理，小心翼翼不讓任何靈魂觸碰，而得以保存完整，並在數百年後被人理解。

許多年後，溫文仲在那場漫長的大雨中養成了每天早餐後、午餐前望著窗外發呆的習慣；每次發呆，他都會確實想起，當年自己是在王勝邦說完那樣的話之後，才與他建立起深刻情感。

在溫文仲的生命中，這樣與另一個人建立情感的經驗只有二次，第一次則是與唐麗芳建立起來的。

溫文仲一直認爲經過多年，自己並未記錯，當時王勝邦是用哀傷與無奈的心情，看著自己的雙手拇指，在褐皮活頁筆記本封面的灰塵上拓印下黑洞一般的缺口。事實上確實是如此。

溫文仲與唐麗芳的房東在他們入住後的第二個月調漲租金，雖然大家知道這類的開銷由政府支付，卻是覆鼎金的人們所能表達不歡迎的唯一方式。

他們這一住，表示政府的都市更新計畫開始運作，不再只是一年前每月一次戶口普查的前置準備。里長郭科星對自己去年沒弄清楚狀況，甚至煮雞湯招待溫文仲與唐麗芳感到羞愧與惱怒。

後來，他更因爲得知未來整個覆鼎金必須強制移墳遷居，連續七天無法入睡。他在深夜對著妻子張上蕙及小舅子張有隆面前砸破四張碟子、六只碗、一架桌燈。鄰居沒人敲門過問，大家都知道郭科星聽到的那些消息，對政府的計畫感到哀傷與怨憤。

那七個晚上郭科星的女兒郭韋瑄也沒睡，她從房間推開僅夠她渾圓如蛋的半張小臉露出的門縫，用那眨半月彎形狀的內雙眼睛，看父親郭科星從手中、口中爆炸出雪花一般的咒罵。

02

王勝邦不只一次設想，若自己能更早些遇見像郭韋瑄一樣的孩子，那自己的人生會出現甚麼樣的改變；特別是幾次鬧鐘還未響，便起身呆坐床緣的清晨時間，他尤其會冒出這樣的念頭，而這樣的念頭，會清晰得像某些事無法挽回時的懊悔。

由於是導師兼任所有科目，王勝邦與學生相處的時間幾乎整整一天，日復一日。他會在每天的授課時間，讓自己的目光停留在郭韋瑄身上一次，如同停留在梁育廷、孫宏軍、吳子淳、洪嘉枝身上。

王勝邦對班上這五個孩子感到不可思議，而且是那種看一眼就能知道何處不同的驚奇。

尤其是郭韋瑄，王勝邦甚至在她第一次對自己淺淺一笑同時，感覺兩年多來，因兒子王聖任車禍死亡，在心中烙下的傷痛，頭一回被安慰撫平。

「老師這個很甜，你應該吃一點。」

郭韋瑄家裡種的鳳梨甜得像蜜。她告訴過王勝邦，長大後她也會種出這麼甜的鳳梨。她有著他十多年前畢業後擔任國小教師以來不曾見過的笑容，是五個孩子中王勝邦覺得最特別的一位。端正的小圓臉懸著立體精緻的下巴，總是綁著馬尾自然帶點凌亂，笑起來不多不少露出四顆牙齒。

王勝邦後來回想，自己最初的確曾幻想郭韋瑄具備魔法，或是懷中揣有能裝下任何人不愉快記憶的容器。這是她具有安定人心的笑容的祕密。

王勝邦不認爲街坊那些關於她易怒的父親郭科星對她與妻子張上蕙施暴的傳聞屬實，他堅持自己的想法，相信如果笑容能成爲這個世界的美景，郭韋瑄的笑容會是所有奇景無法相提並論的，任誰也無法抗拒抵擋。

大家說因爲郭科星連任四屆鼎金里里長，加上自家鳳梨園的農務繁忙，形成他衝動易怒的脾氣，但也有不少人堅持是幾代傳承下來郭家的脾氣。

覆鼎金里內四位年紀已經超過九十歲的老人，至今提及半世紀以前郭科星的祖父，仍津津樂道他火爆的個性與每次看見有人踩進鳳梨園，光著腳咆哮追趕的模樣。

郭科星的祖父六十多歲腦溢血過世時滿臉通紅，幾分鐘前他還在與鄰居爭論月全蝕是否會留下銀戒一般的白色光圈。那時還是孩童的這些老人們，都記得他直挺挺坐在長凳上，就像畫片裡的人物，大家以爲是紅臉的關帝爺顯聖，一個個紛紛跪倒撲通磕頭。

郭科星的妻子張上蕙記得，她的婆婆往生前欲言又止，緊握住她的手，張上蕙點點頭，對婆婆說：「這是我們的命。」

從那之後，街坊鄰居都說除了夜半夾在風裡的哭聲之外，再也很少見到張上蕙開口說些甚麼。後來郭韋瑄出生，大家更加相信這是郭家好幾個世代的壞脾氣，與能夠容忍一切的女性才可能產生的後代。

住在覆鼎金的每個人，都見過嚎啕哭泣的嬰孩，如何在九歲的郭韋瑄懷裡止住眼淚發出笑聲；也曾目睹爭執現場因她出面調解，而平息火爆衝突。幾個街坊婦人會趁農曆年節登門拜訪時，探問張上蕙怎麼將女兒郭韋瑄拉拔長大，他們認爲除非自幼餵食蜂王乳與花漿，否則這樣綻放異彩的女孩恐怕早已失色夭亡。

郭韋瑄似乎對自己擁有神一般光芒的笑容不以爲意，她經常在下課時間用走廊水龍頭的水清潔因上課偷吃零嘴弄髒的衣裙；像其他的國小女孩，拿紅色粉鉛筆畫臉頰當腮紅，在手指甲上塗滿斑駁的紅色顏料，被人瞧見會緊張低頭露出靦腆笑容。通常這個時候小眼睛還會哩咕哩咕轉。

每天放學後，郭韋瑄會先到父親郭科星的鳳梨田中幫忙，然後再步行十多分鐘到覆鼎金墓區找舅舅張有隆，這是在張有隆妻子汪姿妹尚未過世前，郭韋瑄養成的習慣。

張有隆在這個墳區以幫人撿骨、整理墳地為生，是張家世世代代傳下來的職業。汪姿妹因病過世後，張有隆會在晚上七點駕駛小貨車載郭韋瑄回家，自己同時也留在姊姊張上蕙家吃飯。

後來，郭韋瑄讓張有隆收作乾女兒，並為沒有子嗣的張有隆繼承了墳地的職業。

許多年後，王勝邦是用尋找失物的方式，在模糊的記憶中，找到這個小女生對自己能安撫人們的解釋：是因為自己擁有仁德之心；而且，王勝邦對於自己曾與郭韋瑄發生過以上的對話，是確信不疑的。

事實上，經常讓王勝邦想起亡子王聖任的不是郭韋瑄，而是班上的梁育廷。

他與郭韋瑄一樣，不太會盡情大笑，而是那種必須節制表現快樂或高興的淺淺笑容。王勝邦後來仔細回想才發現，五個孩子中，除了生性頑皮的孫宏軍會出現捧腹大笑的神情，其他人笑起來的樣子，在他模糊的記憶裡如同神祇一般，都很淺很淡。

梁育廷也是班上公認最聰明的學生。

有一次王勝邦講授高雄地方誌，他按著時序逆返覆鼎金地區的歷史，從現在回推至清朝，梁育廷竟能分毫不差指出黑板上投影地圖中，覆鼎金圳系中的覆鼎金圳源自花蓮陂，西北行折而南，注入覆鼎金陂，灌田九十八甲；大灣圳在半屏里，從下草潭的分支而來，往西南去，供給檨仔林圳，灌田五十六甲；而小赤山圳在觀音里，源自大將廟瓣圳，也是西南行，直通蓮花陂，灌田三十甲。

彷彿他目睹了將近兩百年前，清朝道光年間知縣曹謹施作圳渠的現場。

剛開始王勝邦確實困惑梁育廷的博學，他甚至猜想是遊蕩在這個區域的古老亡魂，以神祕的方式讓梁育廷對久遠的過去如數家珍。

直到後來，關於梁育廷，王勝邦只確定了一件事，那就是自己永遠無法理解在梁育廷浩瀚智慧後藏著甚麼樣的東西，就像架在他白淨厚實的耳朵上，那副黑色金屬細圓框眼鏡，永遠折射令王勝邦與同學們詫異的光芒。

好幾次王勝邦告訴自己，是梁育廷那副眼鏡讓自己想起王聖任，而非亡子橫死的怨魂作祟，令思念蔓延。王勝邦一直記得自己剛到學校的第一個農曆十五隔天發生的事。

那天午飯時間，梁育廷提著三層式的不鏽鋼便當盒站在教職員辦公室門口，逆著門外的陽光，五官卻異常清晰。王勝邦朝他喊「任任」，那是自己與妻子黃淑華喊了八年的亡子的乳名。

梁育廷告訴老師，十五號家裡拜拜，外婆要他帶些炒米粉、油雞來給老師當午餐。男孩小而圓的臉上，頂著凌亂立體的短髮，往下有著結實濃密的短眉毛，臥在黑色金屬細圓框的眼鏡上。不太笑，笑起來也是淺淺的，像正在思考甚麼。

這是王勝邦頭一回這麼細看梁育廷，也是最後一次，他很確定無論多久以後，只要自己沿著這個男孩的頭眉眼一路往下看，還是會因爲想起亡子王聖任的五官而記起悲傷的滋味。

後來，因爲梁育廷的家庭訪問，王勝邦在金獅湖畔後的道德院見到梁育廷的外婆何幼花。

當時他確信是這個緊鎖眉頭、不苟言笑的嚴肅女人，才有辦法教育出梁育廷這樣深不可測的孫子；他後來也堅信，是這個區域上冥冥之中的宿命力量，讓梁育廷擁有偉大的眞理智慧，以彌補他母親江宛蓉智力上的殘缺。

王勝邦沒想過自己不知道，也沒機會知道，梁育廷的智慧是源自他不常被外地人瞧見的外公江金和。江金和被覆鼎金當地人稱作通天智者，他們認爲他無所不知，他最常說的一句話是「人在做，天在看」，街坊便在智者的稱呼前加上通天兩字。

有一段時間，外地工作念書回來的人會跟著喊，用這樣的敬稱，嘲弄拉滿一車破舊書報踅行過街的江金和。他們與少部分的當地人，都因爲過度相信資訊時代的科技，而藐視書寫於紙張上的信仰。

直到那年夏天的一個下午，大家才因爲自己對眞理的褻瀆，發出內心底層最深的恐懼。

那天，一位返鄉的年輕人在拐過鼎金後巷的巷口臨時糞急，向正巧經過的江金和討紙擦屁股，他隨手抽了張回收書報車上的報紙，離去前，江金和類似預言巫師音量的自言自語，順著風飄進這位年輕人耳中；而自言自語的內容，正是幾分鐘後年輕人蹲於巷底拉糞，隨手翻看回收報刊上的文字。

年輕人嚇得不敢用那張報紙擦屁股，彷彿上面被江金和念誦出口的文字，已經有了魔力，不容許被褻瀆。

之後關於江金和的智慧，他們有了更新的說法，認爲他所有的知識都來自數十年來拖行在他身後緩慢前進的回收書報。相信任何事情都可能發生的覆鼎金人們，更推理出只要通天智者觸碰過的知識，都將被他牢記的結論。

他們以爲江金和的女婿，也就是江宛蓉的丈夫梁南昆，若非在數年前駕駛廢紙回收車翻覆死亡，他至今可能也擁有與岳父江金和一樣的智慧。

03

即使經過很長一段時間，王勝邦依然無法爲梁育廷何以能與孫宏軍如此要好找到一個說法，他認爲或許就像自己與都市更新調查員溫文仲後來所建立的友情，是彼此在祕密發生的時候，互相交換了一小部分。

孫宏軍是王勝邦班上力量最大的孩子，他的體型跟梁育廷或其他十歲小孩並無不同，力氣卻大得驚人。他曾在王勝邦在課堂上講完商王紂力大無窮，能倒拉九頭牛的當晚，連根拔起三棵學校穿堂前高過四層樓的椰子樹，將它們橫倒在地；隔日再四處向同學宣傳是半夜颶風吹倒的。

孫宏軍也曾輕易坐斷八張椅子、折彎五根湯匙、扯落一扇廁所門；有一次因爲不滿班上同學私下閒話好朋友吳子淳的父親吳木山是性無能，激動揮掌便拍破了課用桌子。

王勝邦班上，除了郭韋瑄、梁育廷、吳子淳、洪嘉枝四人，其他人全躲孫宏軍遠遠的，他們靠謠傳孫宏軍會單手捏碎野貓頭顱，或一拳擊殺鴿子來建立起保護自己的小圈圈；他們相信，誇大不實的傳言具有祕密的力量，能驅避孫宏軍，就如同他們相信，他的力量已經大到輕輕拍觸一個人的背部，便足以震碎五臟六腑。

他們還說孫宏軍不僅擁有天生神力，因爲他父親孫順達擔任船駕駛的關係，他甚至能行走於澄清湖底，如同水怪。

孫宏軍對這樣的傳言一開始是困惑無助的，他從河邊找來比拳頭還大的鵝卵石，在上課鐘響後，當全班同學的面將石頭捏成碎粉，接著說：「別說貓頭，就連石頭我都能捏碎，只是沒人會這麼做。」

王勝邦在走廊外看孫宏軍從講台走回座位坐好時，全班同學還陷困在不知是碎石行爲還是那段話所造成的震撼中。

很久之後，孫宏軍最好的朋友梁育廷當著他的面告訴王勝邦，自己從沒見過這麼傻的人。王勝邦曾試著用這句話來推斷兩人的交情，卻在了解孫宏軍複雜的身世背景後，才明白梁育廷用他過人的智慧，所保護的是好朋友的甚麼。

孫宏軍的父輩族系關係複雜，別說旁人無從理解，包括孫宏軍自己在內，也是非常久遠之後才對那樣複雜的關係有了驗證式的了解。在那之前，關於父親孫順達與叔叔孫順賢的種種，只有孫宏軍自己的猜測，以及與梁育廷的討論。

孫宏軍的父親孫順達是一個高大俊朗的體面男性，在澄清湖南面的電動船站擔任駕駛。高雄觀光旅遊盛行的那幾年，每天都有外地旅客到澄清湖遊覽，大家會在湖邊的幾家餐廳用餐，然後付四十元與半個鐘頭的代價乘船，欣賞這片素有台灣西湖之稱的風景。當初孫宏軍的叔叔孫順賢，也與哥哥孫順達一起報考駕船工作。

不同於孫順達體格高壯、五官俊挺，孫順賢個子矮小、樣貌寒酸，面試後船公司老闆做了孫順達妻子朱添梅早預料到的裁奪。

孫順達告訴弟弟，三個人省吃儉用，電動船駕駛的收入足以度日，家計由做哥哥的一肩扛下。孫順達自幼一手帶大弟弟孫順賢，認爲沒甚麼事不能解決，樂觀的個性卻讓事事總以哥哥爲主的孫順賢更覺得自卑。

孫順賢記得自己還是孫宏軍那樣的年齡時，經常在學校被同學捉弄，他們在飯後午休時間將沾滿香蕉油的抹布點火丟到他椅子下，令午睡一半的他嚇得跳起來。他們也會在放學後，將吃剩的麵包塞進孫順賢抽屜深處，讓白色蠕動的活蛆幾週後爬滿他的桌椅，令所有人不敢靠近孫順賢。

只有他的哥哥孫順達從五年級教室來到四年級教室接孫順賢下課時，班上同學才會衝著哥哥孫順達的面子，朝他們揮揮手。

無論男、女生，在那個美醜觀念才開始萌芽的年紀，被擁有迷人酒渦的哥哥孫順達的容光照耀，大家都感到無與倫比的榮幸。同學們私下紛紛爭議孫順達、孫順賢根本不是同一張肚皮所生。弟弟除了忠厚老實的優點，沒有其他任何能引人好感的特質，與他哥哥完美的外型與個性相比，簡直天差地遠。

幾個口舌不怕造孽的街坊居民，甚至在後來弟弟孫順賢娶了林秀英後，四處傳言新娘子是爲哥哥而過門的。

這個傳言，在相信甚麼事都可能發生的覆鼎金人們口中，活躍了一百九十二個小時，而後，這個地方便再也沒聽過任何關於孫氏兄弟家的傳聞。

新娘子林秀英在婚慶熱鬧一週後，換上輕便的短衫長褲，與丈夫孫順賢鑽進覆鼎金墓區整地撿骨，開始她後半段的人生。

在大全二巷接鼎金一巷的土地公廟前樹下乘涼的人們，常看到林秀英斜背著裝有午餐的竹籃，雙手一邊一桶提著土鍬、毛巾、刷子等工具的桶子，一跛一跛跟在孫順賢身後走過。

她的長短腳行動速度緩慢，常常樹下的棋盤連走了十數步，他們夫婦才剛從眼前經過。後來有一年夏季炎熱，太陽曬得大家神智不清，甚至有人說，看到林秀英與孫順賢滑行一般騰空行走，像離開地面甩晃雙臂的廟會神偶，在原地踏步。大家說當初是那雙長短腳，把林秀英帶去嫁給撿骨的。

林秀英嫁給孫順賢的一年後，她的大伯孫順達升格做父親，兒子取名孫宏軍。寧靜的地方又囂鬧起來。

各種關於孫家兄弟的傳言一夕間傳遍整個區域，鄰居用強調從沒見過孫順達的妻子朱添梅懷孕來強化傳言的可信度。襁褓中，孫宏軍兩頰的深邃酒渦令街坊迷惑，同時也成爲大家飯後閒談的話題。

五歲後，孫宏軍逐漸擺脫稚氣，五官顯露出與父親孫順達相同的英氣，大家開始閉口不談這件事，只在里內有人死亡時，才會像突然想起甚麼久遠的事一般，爲林秀英表現一絲同情。

他們看過林秀英每逢過節帶著孩童才有興趣的糖果餅乾，與丈夫孫順賢搭車從墳區繞過澄清巷，沿澄清湖的西岸道路拜訪兄嫂；大家也見過在孫宏軍生日當天，他母親朱添梅一個人坐車回娘家，深夜才返回澄清湖邊。

這些飄散於空氣中，比春天的木棉花絮還要繁密的傳言，被大家認爲是後來孫宏軍童年時期種種惡作劇的原因。

那些年，所有人忙著收集訊息，試圖整理線索、做出結論。他們說，林秀英表面上嫁給弟弟孫順賢，但實際上卻幫哥哥孫順達生了孫宏軍；而婚後數年都沒懷孕的朱添梅毫無立場說話，只能看著這個與自己無關的男孩一天天長大。

說著傳言的人們堅信不疑，他們還說，只有在魔鬼祝福下的不倫與雜交，才有可能誕生如此驚人力量的後代。

就在整個覆鼎金的人們用只有法院法官才有的肯定語調，交換彼此確信不疑的故事結局時，卻發現孫宏軍不再與父母孫順達、朱添梅同住，反而出現在叔叔孫順賢與嬸嬸林秀英的家中，並與他們一起參加里長郭科星、張有隆等人所發起反對都市更新的抗議活動。

直到後來，大家還是沒有機會弄清楚孫家複雜的血脈關係，只有王勝邦，與郭韋瑄、梁育廷、吳子淳、洪嘉枝四個好友知道，孫宏軍的父母確確實實是爲人撿骨安葬的孫順賢、林秀英；而不是在澄清湖駕駛遊湖船的孫順達、朱添梅。

在還是大學時期，朱添梅因孫順達的英俊樣貌對他展開熱烈追求，這是朱添梅第一次戀愛，也是唯一的一次。

婚後第二年她像從眠夢中醒來的睡美人，發現這個世界並非只有孫順達容光所照耀的範圍。她對陌生世界的好奇渴望轉而變成早婚的怨懟與不滿。

每天早晨醒來，朱添梅會讓自己躺在床上出神望向天花板數十分鐘，蒼白一片的天花板是唯一和念書時期一樣的景色。她很確定，若是時間倒回學生年紀，自己絕對不會再迷戀疼愛弟弟勝過另一半的孫順達。

她對他的不耐煩表現得並不明顯，卻毫不隱藏。

當時剛過門的林秀英曾私下問丈夫孫順賢，嫂嫂朱添梅是不是想家，她曾三次注意朱添梅對孫順達的問話置若罔聞、五次在大家閒聊的場合，看見她雙目空洞凝望窗外。每當林秀英判斷嫂嫂是活在另一個時空與大家毫無關連時，朱添梅卻又扭過頭朝三人微笑。

朱添梅的許多行爲，看在認眞維繫婚姻的林秀英眼中，實在感到不可思議。

林秀英與丈夫一致認爲，兄嫂會演變成後來同床異夢的局面，一直沒有生育是主要關鍵；然而，還有一個大家都不曾想過的原因，那就是哥哥孫順達認爲凡事都有解決之道的處世態度，在大多數的情況下，極容易被眾人誤解成毫不在意、漫不經心的過分樂觀。這使得朱添梅到最後難以忍受孫順達。

林秀英懷孕第三個月時，孫順賢決定將頭一個男孩子過繼給哥哥傳宗接代。

那天晚上，林秀英埋在枕頭裡的哭聲讓她的丈夫無法入睡。

妻子的哭聲讓他想起當初自己被船公司老闆拒絕，無法成為電動船駕駛，幾個月的時間都在覆鼎金墓區靠雜工維生，後來被幾年後因食物中毒往生的土公師傅收為徒弟，帶回墳邊屋寮的頭一個晚上，從自己喉嚨發出的嗚咽哭聲，就是這種令人心碎的哀傷的聲音。

04

許多年後，王勝邦才從模糊的記憶中明白，郭韋瑄、梁育廷、孫宏軍、吳子淳、洪嘉枝這五個覆鼎金奇特的孩子的友誼，是環繞著吳子淳而形成的。

吳子淳是王勝邦班上話最少的學生，也是男孩子當中樣貌最精緻可愛的。小小的方圓臉，留著俐落下梳的髮型，在頭頂上就像一張服貼的黑帽。他擁有非常漂亮的彎月眉，濃淡適中，是那種連女孩都會羨慕的中間較深、頭尾較淡的男孩眉毛。

王勝邦到校後兩週就發現，站在教室前門，靠近黑板的角度看吳子淳，會有一種被他喚住的錯覺，像是路上行走突然被叫住的停頓定格。一開始王勝邦確實這樣以爲。後來發現，他那兩顆又大又圓的杏桃眼，眼白的部分極少，與貓從暗處走出來的時候一樣，黝黑深邃並帶著一絲具備呑噬能力的神祕氣息。

被那樣的眼珠子盯住，很少有人能記得前一分鐘準備要脫口而出的話，或久遠以前亡故，但靈魂仍在里內到處走動的祖先的名字。
後來王勝邦更確信，不管從哪個角度看，吳子淳的目光總是在安撫並說服甚麼。
他記得有一次，帶全班出校走訪幾個位在覆鼎金地區的蔦松文化遺址，午飯過後，隊伍在鼎安路六十巷與鼎貴路八十六巷交叉口，遇上一頭發狂的黃色野狗。
王勝邦將全班十九位同學擋在身後，大家看著黃狗伸長脖子哭號，幾聲後，四面八方竄出各種顏色的野狗將他們團團圍住。
就在王勝邦想著如何驅離這七、八隻野狗時，他看到吳子淳像點名一般，一一掃視這些似乎象徵著某些不祥與凶兆的犬隻。
那種狗兒才有的受委屈的低鳴陸續發出，他們垂頭夾尾，像被長官突然取消任務的士兵撤離前線，紛紛從四周離去，前後短短不到一分鐘的時間，所有野狗消失無蹤。當時，王勝邦一度以為這些狗兒是在原地，以蒸汽般的方式直接從大家面前蒸發消失。
那時候的王勝邦已經像覆鼎金的人們，相信沒甚麼事情不可能發生。
他想起四年前兒子王聖任跟他說過的一件事。
他告訴父親，班上新來的同學說，他的老家每年到了夏天結束前，總會來一批環境消毒人員，驅趕夏季殘留下的動物蚊蟲。他們會在巷子頭尾點上一種聞起來像半枝蓮的線香，然後排成列隊，以陌生的語言唱起歌謠。他們說那些季節交迭之際尚未來得及迴避的生物，會循著歌聲離開，前往陌生的地方。

王勝邦那時認爲兒子王聖任說的，應該是巫術或妖法。他不認爲聽聞這些鄉野傳聞對他是好事。

那個新學生還告訴班上同學，太陽完全下山前放一面鏡子在住家的窗檯前，可以在日落的瞬間，從鏡子裡看見最掛念自己的死者。沒多久，王勝邦發現自己剃鬍子用的摺疊鏡被放在臥室的窗檯上。

兒子王聖任班上的這個同學，讓王勝邦想起吳子淳。

王勝邦曾想過這個同學也像吳子淳那樣擁有令人懾服的魅力與容貌。或許這個同學也不多話，笑起來也是一字嘴，在稍微豐厚有肉的雙頰上，揪出小小的嘴窩。他們總能吸引身邊的人信服自己。

吳子淳在班上不太與人爭辯，一部分是因爲他的個性極爲忍耐，一部分原因是他有辦法不開口便讓大家相信那些內容。

有一次，校區穿堂來了一對新人拍攝婚紗，他們圍繞著肩膀高度的桂花取景，拍攝過程只要是下課時間，陸陸續續都有學生溜上前靠近新娘子。王勝邦在三樓走廊上看了很久，才發現學生們是一個接一個跑近新娘身邊，摸了裙襬立刻轉身逃開。

後來王勝邦才知道，吳子淳只花了一百九十二分鐘，約三個小時，就讓全校的老師學生相信，觸摸新娘衣裙會獲得幸運與祝福。

當天下午，新娘一身的白紗被碰成咖啡灰色，背後的繫帶也斷裂脫落，裙邊的蕾絲殘破不堪。這位新娘姓鄭，是吳子淳乾媽鄭淑娟的遠房親戚。

吳子淳的父親吳木山在覆鼎金北邊的方向，沿大景一街利用由北邊水田區流來，最後結束於警鼎新村後面金獅湖東埤，這條約莫一公里的曹公圳旁支養鴨為生。這是吳木山的父親吳通傳下來的家業。

吳通在吳木山還小的時候，就發現他的兒子做事沒主見，許多事得由他幫他決定。尤其吳木山生性不喜歡與人爭執，凡事忍讓，讓他的父親非常看不順眼。

吳通性情直率，敢衝敢闖，對自己當年打拚建立起的養鴨王國頗為自豪。他後來在一次餵飼過程中，被飢餓的鴨群啄食左手手掌，送到醫院，醫生沿著他的手掌關節截肢，避免感染致命。

覆鼎金的人們相信是光禿的左手手掌，與養鴨事業不得不交棒給兒子，讓吳通的性情變得愈加怪戾霸道。

吳木山初中畢業前，吳通每天趁兒子上學時間檢查他的床褥與穿過的內褲，在發現上頭發黃的精液乾漬的那年夏天，作主讓兒子娶了鄭淑娟。吳通的意思是鄭淑娟個性果斷，能幫助兒子照顧鴨寮。

鄭淑娟是鄉下地方少見的美人兒，吳木山第一次見到她臉紅得像鴨肝，手心直冒汗，當晚他做了一個又長又不真實的春夢。夢裡，鄭淑娟變成一頭壯碩充滿性欲的母鴨，呱呱叫得上百隻公鴨發情追著跑。最後壓在母鴨身上的，是吳木山自己變成的公鴨。他夢到自己在鄭淑娟身上一陣手忙腳亂，幾分鐘後胡亂發抖，然後全洩在地上。

吳木山婚後半年發現自己無法生育，附近教學醫院的主治醫師告訴他是勃起不全加上角度垂斜太厲害，根本無法行房，他才在妻子鄭淑娟的決定下領養了吳子淳。

每天早上天未亮，吳通會離開與兒子媳婦孫子共同的住屋，走過鴨池上長長的竹橋，到工寮那邊將抽水泵浦電源打開。自大灣圳引來的溪水會通過水車，流進鴨池，發出巨大水聲。

通常這個時候，鄭淑娟也不在床上。

每天天還未亮，她也會走過長長的竹橋，進到工寮，接著便能聽到屋內傳出巨大機具攪拌鴨飼料的聲響，與泵浦運作的聲音，以及溪水翻騰的喧鬧。這些聲音順著灌仔林圳留過半屛里、頂陂仔，經樣仔林陂之後再通往北圳。

鄭淑娟嫁入吳家滿一年的那年夏天，覆鼎金的人們用耳語的音量討論從台北傳來關於這個女人的醜事，與鴨隻病態快速的繁殖力。

大家不願意清楚說出鄭淑娟的名字，謹愼小心不願意提及與她有關的男性的名字，包括她的公公吳通在內，他們深怕這樣的內容一旦像毒藥般混入圳道內，會爲附近用水的人家帶來不幸與災厄。

如同郭韋瑄、梁育廷、孫宏軍、洪嘉枝這四位好友圍繞他所建立起來的友情，這些謹愼小心的街坊們在吳子淳成長過程中輪流照顧著他。他們或許出於愛心，但更多時候是出於同情，大家認爲，即使他與他父親吳木山的性格相同，極能忍耐，也絕對無法從受詛咒的命運中脫困。那是極爲惡臭有如糞水的生長環境。

他們甚至認爲，吳子淳與生俱來驚人的魅力，與人見人愛的獨特氣質，是用悲哀的命運與人生交換而來的。

吳子淳記得很清楚，自己一向叫吳木山、鄭淑娟爲乾爹、乾媽，而叫那位負責覆鼎金都市更新的女研究員唐麗芳爲媽媽。

05

覆鼎金的人們很快發現，唐麗芳與溫文仲這兩位政府派來的都市更新研究員，他們正在進行的是甚麼樣的計畫。他們預計在兩年時間內考察這個地區，進行地毯式居民統計，並盡速讓原本住在此地的居民遷離。

在政府二十年計畫藍圖中，居民與墳地徹底遷清後，覆鼎金地區將成爲南台灣最重要的高速道路樞紐中心，同時興建高速鐵路站及第二國際機場。

「這絕對是下一個世紀南台灣最繁榮的地方。」唐麗芳與溫文仲在與覆鼎金居民溝通時，不斷重複這句話。

幾乎同時，王勝邦了解自己參與的教育局下鄉計畫，是爲了幫助當地學生轉移至其他都市就讀的準備。已經與當地居民逐漸建立感情的他，並不認同這樣的安排。他覺得自己像個叛徒。王勝邦小心翼翼，不讓任何人知道他內心的祕密與矛盾。

他每天提早到校，爲校門夾道的那兩排桂花樹澆水；安排一整年的時間進行貼心而詳盡的家庭訪問；認眞挑選學生組成排球隊伍，每週六下午練習四個小時。他相信自己這麼做是希望王老師這個稱呼能有更多的意涵，而不只是稱呼。教書這麼多年，王勝邦知道教師與學生的關係往往會在某個時間點，昇華成自己不曾想過的緊密連結，但所有人都沒辦法正確描述是甚麼樣的時間點。

去年，里長郭科星與郭韋瑄的舅舅張有隆，在王勝邦住進他們爲他安排的租屋後四個月來訪。一開始，王勝邦以爲郭科星是爲了女兒郭韋瑄而來，但並非如此。郭科星才坐下，就用平常的兩倍音量向王勝邦抱怨政府，咒罵兩位都市更新研究員，並頻頻徵詢王勝邦是否同意。

拜訪結束離開時，郭科星才發現手上的鳳梨尚未送給王勝邦。

「韋瑄請我吃過，很甜。」王勝邦說的時候想起上次吃鳳梨的滋味。

隔日中午過後，王勝邦將兩顆鳳梨削皮切塊帶去找溫文仲。這是王勝邦第一次單獨與溫文仲見面，他沒想到會是這樣，整個下午，兩人不斷驅趕繞著鳳梨飛舞的蒼蠅。

溫文仲說話音量不大，混著蒼蠅嗡嗡的聲響，他告訴王勝邦自己剛好小他兩歲。溫文仲個子不高，身形偏瘦，說起話讓人感覺有些緊張與謹愼。

他說從小自己學業成績不好，總因爲考差了讓老師體罰，從小看到老師就嚇得發抖。父母告訴他是因爲童年誤看了別人送肉粽（爲民間送葬習俗。由當地廟宇舉辦法會將自縊所用的繩索送到海邊燒掉，以平撫死者吊煞怨氣），靈魂被吊鬼勾走，費了一番功夫才搶救回來。剛開始只會嬰兒一樣張口鬼叫，後來正常了，但就是學甚麼都不行。

溫文仲說話的時候，王勝邦有時會弄不清楚是坐在他對面的溫文仲在說話，還是站在牆角那個救回來的溫文仲在說話。

「不用怕，我不是你老師，不會罰你的。」王勝邦看著兩個溫文仲中間的電扇說。

「謝謝王老師。」兩個溫文仲一起說。

後來只要有空，王勝邦會走十五分鐘的產業道路來找溫文仲。受郭科星所託，設法了解覆鼎金都市更新是一開始的原因。後來他要他叫他王大哥，就像兄弟一樣。

溫文仲告訴王勝邦，市政府研究員的職位是爸媽動用關係買來的，他在二十六歲坐進辦公室那天就知道，這份工作注定做到退休。他不會有其他選擇。

唐麗芳當時負責帶溫文仲，她大他四歲，心思細膩，做事認眞。她用他們一起工作的第一個八小時，讓他知道自己是可以信賴的學姊。下班時間到的時候，唐麗芳讓溫文仲先離開，同時塞了一罐冰透的啤酒到他手中，算是歡迎。
溫文仲隔天知道唐麗芳前一晚忙到凌晨，心裡很過意不去。午飯時間，他特地先去附近農會超市，買了一個菜色豐富的雞腿便當與一個顏色鮮豔的滷排骨便當，這兩種都是他最喜歡的，他想請唐麗芳吃，算是答謝。
唐麗芳要他自己先選一個，另一個冰起來。她從拼花布手提袋中拿出不鏽鋼便當盒，這是她每天早晨五點起床爲自己與丈夫周必堅親手製作的午餐。她帶便當帶習慣了，也覺得自己未來要是有孩子，也會每天爲她的孩子帶便當。不鏽鋼便當盒裡裝的是搭配了紅蘿蔔、玉米筍、芹菜、滷豆干、糙米飯的素食菜色。
溫文仲每次向王勝邦提到唐麗芳，所流露出的愛慕神情，很快就被王勝邦察覺。他會臉紅，把頭放得極低，沒來由露出憨笑，通常這個時候，另一個溫文仲會一動也不動像張壁紙貼在牆上。
一開始，溫文仲並未讓王勝邦知道唐麗芳已婚這件事，因此他一直不太明白這個小老弟爲何不對學姊表明心意。他鼓勵過他很多次，告訴他，自己與妻子黃淑華也是在辦公室培養起感情的。
關於這些，王勝邦沒有說得很多，溫文仲也聽得模糊，總露出絕不可能對唐麗芳表白的神情，然後不自在的害羞笑起來。

那一年，唐麗芳生日之前，溫文仲提了一個百貨購物袋來找王勝邦，他說他想送一條實用好看的圍裙給她，但不知道她喜歡的顏色，便將同款六色全部買了，包括白底紅點、橘、蘋果綠、粉紅淺咖啡格紋、黑白豹斑。

「大哥幫我拿主意，送哪件好？」

「送她一件，那其他的呢？」

溫文仲的態度好像打算就這樣一直暗戀下去，直到後來，王勝邦帶了那本褐皮筆記本找他，他才告訴王勝邦那件祕密。

在王勝邦到覆鼎金的前一年，溫文仲已經與唐麗芳開始，以每個月一次的頻率對這個地區進行環境考察。溫文仲的褐皮筆記本，就是在第一次拜訪里長郭科星時弄丟的。直到一年後王勝邦將筆記本帶回給他以前，他一直想不起自己在哪裡遺失。

溫文仲告訴王勝邦，他認識唐麗芳這七年來，每年他都會送她生日禮物。他會在筆記本上詳細記下她每一次收到禮物的情況。那是一本褐色塑膠皮的筆記本，陪了他很長一段時間，直到去年遺失。

王勝邦記得那次他說完，兩個溫文仲都嘆了一口長長的氣，其中一個還悶著頭喝光自己帶去給王勝邦的酒。

筆記本與政府計畫、都市更新完全無關，內容是溫文仲在激動接過久違的本子後，用發抖的聲音講給王勝邦聽的。

幾年前，在溫文仲任職市政府研究員較能獨當一面的時候，唐麗芳向主管請了一個十天的長假，她與她的丈夫周必堅選擇峇里島，補過結婚幾個月後的蜜月。他們原先安排出國六天，回來兩人一起整理住家，休息幾日，就像迎接全新的夫妻生活。

只是在蜜月旅行的第四天，周必堅因爲旅館浴室的吹風機漏電死於異國。峇里島當地與台灣的醫檢判斷都是心肌梗塞。唐麗芳因驚嚇無法說話的情況沒有維持很久，她原先哀傷於兩個人出國卻一個人回國，但在經過兩間婦產科醫師證明後，她才用連自己都認不得的聲音感謝老天：她並非獨自一個人從東南亞島國飛回台灣。

唐麗芳內心很矛盾，她想留下深愛的丈夫的孩子。關於家庭的一切計畫，在她腦海裡不容取代的畫面，是與丈夫周必堅兩人蜜月回國，展開全新生活。

如今，懷有亡夫遺子的唐麗芳不知道同事會怎麼看待她，她更恐懼於未來的自己會如何看待現在這個做決定的自己；曾有一度，唐麗芳認爲自己無論留或不留孩子，都是錯誤，正確的作法應該是與亡夫一起離開世間。

她認爲，自己與肚子裡的胎兒都不該苟活；同時，她也認爲，自己想留下孩子，卻不知道一個人該如何照顧。所有事情似乎在某個斷開的環節上，失序脫離了預設的軌道。

她詳細比較了五間附近婦科診所人工流產的方式與價格，卻又在幾次產檢後，特地繞去吃鹽埕區新興街那間她從小吃到大的肉粽，或前金區大同二路那邊的碗粿，想讓腹中的孩子趁早熟悉這些味道。

唐麗芳是第三次產檢結束離開時，遇見路過的溫文仲的。

她邀請他到附近的紅茶店，兩人在角落位置坐下時，溫文仲刻意壓抑好奇的雙眼，不去看唐麗芳隆起的腹部。唐麗芳請溫文仲喝了八杯紅茶，要求他爲她保密。她也告訴他，自己尚未決定要墮胎或生下來，話說到一半她倒在桌上伏面痛哭。

他一邊等她哭完，一邊把她一口都沒碰的紅茶喝掉，然後點了一壺服務生說能讓情緒穩定的紫草茶。

幾年後，溫文仲回想那的確是唐麗芳唯一一次在他面前的哭泣。他也記得自己是在唐麗芳推開紫草茶，告訴他這種茶可能會讓孕婦流產後，才鼓起勇氣力勸她生下孩子。

唐麗芳對他的提議毫無想法，只記得眼前這個學弟曾在一起工作的第二天，爲自己買來菜色華麗的雞腿與排骨便當，而且這個個性單純的大男孩是在後來才恍然了解，他的學姊與學姊的丈夫周必堅是吃全素的。

那天唐麗芳巧妙婉拒溫文仲的好意，並拿出與給丈夫周必堅一樣的親手製作的便當，讓溫文仲明白學姊不僅已婚，更幸福美滿。

幾天後，唐麗芳寫了一個綜合日本大崎站東口第三地區、南韓首爾市東北地區中心、南韓吉音洞、南韓彌阿周邊地區、南韓首爾清溪川，及大陸天津的濱海新區、海河兩岸、意庫、萬科水晶城的亞洲都市更新考察計畫向上呈報。

她以目前市政府所備有的都市更新計畫模組老舊，不敷使用為理由，擬進行為期兩個月的都市考察。她所開列的幾個城市或地區，是亞洲國家中已成功再造的例子。報告中，唐麗芳強調，透過這兩個月的考察蒐集與資料交換，能作為未來預計分派給她與溫文仲執行的覆鼎金地區都市更新的借鏡。

唐麗芳告訴溫文仲，他必須牢記，兩個月後到前鎮區大禮街的婦產科去幫她把孩子帶進孤兒院。

然而嬰兒出生後沒多久就死了，溫文仲怕唐麗芳難過，以吳子淳的模樣為範本，減少年齡，編造許多關於嬰兒的謊言，讓唐麗芳一直以為孩子就在世上。

直到後來唐麗芳見到吳子淳，雖然心中疑惑年紀不對，但由於其他特徵全部吻合，因此堅信，是自己在某個斷裂的時間環節上停頓，以致歲月在她身上真空了幾年。那時唐麗芳確信，吳子淳絕對是自己遺棄的孩子。

唐麗芳到後來，除了工作的狀態正常外，個人生活已經瘋癲，她曾向鎮上的紙紮店訂製壽衣送給吳子淳。吳子淳並不忌諱，他似乎明白唐麗芳內心的痛苦，也知道那樣瘋癲的源頭，他穿上每一次唐麗芳為他製作的壽衣，並繼續佯裝她的孩子。

後來，唐麗芳從一些細節發現吳子淳根本不是自己的孩子，她就像從一場夢裡醒來。她不怪任何人，也不怪溫文仲，唐麗芳沒有向任何人點破這件事，她只告訴溫文仲，自己有事請幾天假，要溫文仲好好為這個美麗的覆鼎金做點甚麼，然後就消失了。

後來，地方上傳言，能在湖中行走的孫宏軍在湖底見過唐麗芳。

06

第一個看到政府公文的是里長郭科星的妻子張上蕙，她從王勝邦手中接過公文，掉下眼淚。王勝邦告訴她，政府都市更新計畫預計最慢以十年時間，全數淨空覆鼎金地區的住戶與墳地，然後進行建設。王勝邦手中這份公文是溫文仲提供的資料。

張上蕙的弟弟張有隆不認爲能這麼快。他從他的父輩手中接下傳承好幾代的撿骨工作，對這塊土地非常了解。

以隆起的山丘作爲交界，三民區北端與鳥松區西側分別是覆鼎金墓區與高雄高爾夫球場，兩者中間僅僅相隔鼎金一巷。

墓區範圍極大，整片丘陵以東，囊括火化場、示範公墓、高雄回教公墓、叢葬祠、萬應公廟，與日治時期之後沒有隨著引揚而葬在台灣的日本人納骨所。張有隆不認爲政府能說遷就遷，至少他絕不可能搬走。

墓區內從事幫人勘測風水、火化撿骨、整理墓地的葬儀社有六間，張有隆是唯二長年住在這裡的撿骨師父；另一個同樣住在墓區的是孫宏軍嘴上喊叔叔嬸嬸，但實際是他父親母親的孫順賢與林秀英。其餘四間葬儀社，都只在這裡設置簡單的工寮，有些甚至只有鐵皮屋頂，以腳踏車的鐵鍊當大門鎖。

張上蕙小時候很喜歡帶弟弟張有隆去猜這些工寮大門上的密碼鎖號碼，這是他們覺得最好玩的遊戲。

直到後來張上蕙嫁給郭科星搬離墓區時，她還記得很清楚，小時候每年端午過後，她會跟弟弟兩人爲了搶睡屋旁那座墳龜起爭執，他們都覺得水泥鋪造的墳龜貼著背部，弧度適中非常舒服。

她不知道那座墳墓的主人叫甚麼名字，她也對家中那個靠在洗衣機旁邊、從她有印象就墊在茶桌腳、讓臥室門無法完全打開、堵在小貨車車庫中央的幾個墳碑上的名字沒有印象。

幾代以來，張家一直依靠這個墓區過生活，張有隆與妻子汪姿妹也一直居住在這裡，不曾離開過。張有隆希望這份家業能傳承下去，只是汪姿妹終生並未替張家生下任何孩子。

汪姿妹幾年前診斷出腦癌末期，經常前往醫院治療，那陣子，除了醫院，她就是在家休養，幾乎足不出戶。汪姿妹對自己的疾病並不感到恐懼。

那一段時間，郭韋瑄經常是放學後先到父親郭科星的鳳梨田中幫忙，然後再來陪舅媽汪姿妹。有一次她看到她在後院收衣服，一邊唱著歌，夕陽黃澄澄照著汪姿妹因爲化療而光禿的頭頂，就像一尊廟裡供奉的金光菩薩。汪姿妹很坦率告訴外甥女郭韋瑄，自己很希望能牢牢記住與張有隆度過的美好時光。

汪姿妹在家中經常獨自一個人繞行住屋，一遍又一遍清數周遭墳墓的數量，然後在黃昏的時候告訴郭韋瑄這一切都沒改變。

癌細胞很快吞噬著汪姿妹的腦組織，她過世那一年初夏的一天中午，她因爲忘記鑰匙掛在胸前，無法回家，在張有隆幫人看完風水回來時發現，汪姿妹已經曬了一上午太陽，脫水昏迷在兩座墓碑中間。

後來郭韋瑄常會想起舅媽汪姿妹腦癌末期頭痛癲癇的情況，她會在跟她說話一半的時候突然停頓，皺起眉頭像心情不愉快，然後全身顫抖。那個樣子像每個人快哭之前幾秒鐘的模樣。

汪姿妹曾對郭韋瑄說，自己之所以那樣，是因爲想不起來要說的話。郭韋瑄不太明白她所說的，也不想知道她究竟想要回憶起甚麼，郭韋瑄只是在心中默默計算這樣的情況越來越頻繁。

汪姿妹的記憶在她過世前一個月完全錯亂了。

在那之前，她還能記得沿著住家對面的山徑往上爬，能通到覆鼎金墓區坡頂的日本納骨所。過去汪姿妹經常要求郭韋瑄陪她上去消磨時間，她們總能在墳塚的石欄杆上坐一整天等夕陽。

日本納骨所是昭和三十六年日本國大使館爲日治時代結束後，留在台灣地區的日本人所設立的納骨室。當時的全權大使井口貞夫，向台灣運輸株式會社已故社長杉本音吉氏的遺族與政府提出需求，將原先的私人墓地加以修繕，改作爲收納高雄地區、屏東、台南地區、嘉義、澎湖等地方日本人遺骨的納骨室。如今全台灣能放置日本人遺骨的地方，僅有北投中和禪寺、台中寶覺寺與覆鼎金。

除非郭韋瑄陪著，否則張有隆不太放心妻子汪姿妹一個人到處走。

「你擔心甚麼，就算我連自己都記不得了，也不可能忘掉那裡的。」

郭韋瑄以爲舅媽汪姿妹這句話說的是，從日本納骨所看向整個覆鼎金地區的壯麗景色，但其實，張有隆知道這句話所指並不是某個地點，或風景，而是他們夫妻之間的感情。

他在後來汪姿妹過世後，常以這句話爲起點，試著爬回她癌症末期時破碎、不連貫的片段記憶裡頭，尋找她僅存關於他的回憶。

汪姿妹最後完全認不出任何人，她除了哭泣抱怨頭疼，就是對著郭韋瑄、張有隆傻笑。

那天一早，她很興奮嚷著要帶張有隆去一個祕密的地方。這時在汪姿妹眼中，張有隆只是一位陌生好看的男人。她在他們登上坡頂的途中，四次讚美張有隆的樣貌好看，每次說完便臉紅羞怯笑起來。他們在日本納骨所的石欄杆上坐一整天等夕陽，汪姿妹告訴張有隆，等太陽下山就能吃晚飯。

張有隆當初也是這樣告訴汪姿妹的：等太陽下山就能吃晚飯。那次，也是第一次，他帶她回家。

許多年後，張有隆想起那天夕陽黃澄澄的，把她照得像尊菩薩。

兩人在坡頂的日本納骨所等晚餐準備好的同時，她讓眼前這個八年後變成陌生且樣貌好看的男人知道，自己並不介意他的居住環境與職業。

汪姿妹帶張有隆看過日本納骨所後幾天便去世了，他將他的妻子葬在住家附近，決心永遠不離開這個地方。

里長郭科星在王勝邦的協助下開過幾次里民協商會，大家對都市更新與土地徵收提出各自的想法。王勝邦在協商會上解釋了某些深奧難懂的政令。多數的居民並不理解會議到底想要討論甚麼。

在最後一次協商會上，一位已經九十七歲的老人在大家猶豫不決是否發動示威抗議的時候，用力朝教室桌子敲擊銅杖。覆鼎金居民的憤怒決定了抗爭時間。

王勝邦事前叮嚀溫文仲，那樣的場合他與唐麗芳很容易成爲群眾遷怒的對象，當日盡可能不要出門。

郭科星估算過，從鳳梨園載去一卡車的鳳梨，能讓高雄市政府在四小時內酸臭燻天，蒼蠅叢生。他透過里長身分知道這項都市更新計畫，政府打算先針對覆鼎金墓地。他們認爲，墓區內以撿骨葬儀、地理風水爲業的兩個住戶，若能設法讓大型殯葬業者或連鎖禮儀公司介入，直接吸收這兩個墓區住戶原有的業務、人員，不僅能快速解決墓區住戶的問題，也能爲後續大規模遷葬的計畫，起一個最便利行事的開頭。

這個訊息讓張有隆三天說不出話來，到了第三天，郭科星在晚飯桌上告訴他，他已經與張上蕙和郭韋瑄討論過，將郭韋瑄過繼在張有隆名下，讓她繼承張家的殯葬事業。那間位在墳區的房子也會在未來張有隆過世後，因仍舊有合法繼承人在執業，而不受政府徵收。

晚飯後張上蕙照例切來鳳梨，郭科星只吃了兩片就將碟子推給女兒郭韋瑄說：「很甜，你多吃點。」

早在舅媽汪姿妹過世前，郭韋瑄就與她的母親張上蕙一樣，很習慣墓區的那間房子，她也對到處可見的墓碑墳塚不以爲意。她一直清楚記得，舅媽汪姿妹在生命最後記憶混亂的階段告訴她，舅舅張有隆年輕時曾帶她國內、國外去過很多地方，最後才發現自家的風景最美。

但郭韋瑄知道，她的舅舅、舅媽連護照都沒有，一輩子不曾離開過這裡。

好幾次汪姿妹屈膝坐在住家旁那座張上蕙、張有隆童年經常躺臥的墳龜上，要郭韋瑄爲她素描；或是要郭韋瑄向班上同學借相機，來爲靠在日本納骨所石燈旁的她拍照。

那段時間，汪姿妹總在左耳插上隨手自陌生墳上摘來的扶桑花，遠遠看去就像腦癌脹裂噴血染了一頭紅。郭韋瑄當時已經留意到汪姿妹會不斷修改記憶，填補各種空缺，來掩飾自己對癌症蠶蝕回憶的恐懼。

小學三年級升四年級的暑假，郭韋瑄帶班上十八位同學來墓區丘頂的日本納骨所完成寫生作業。

當時除了梁育廷、孫宏軍、吳子淳、洪嘉枝神色自若，其餘同學對在墓地久待都露出不安的表情。他們身上流著他們父母、祖父母，甚至更久遠以前的血液基因，相信在覆鼎金這塊土地上沒有甚麼事不可能發生。大家彼此用萬分確信的語調交換彷彿紋在他們舌尖上的傳說。

有人說這片墳區地底臥有一條百岔尾的藍色巨蛇，幾百年來因無法化龍四處吃人作祟，最後讓祖先以萬人屍骨鎮壓才得以平安。

有人說幾千年前地底埋了五個裝有當初台灣島浮出海面後殘留海水的瓶子，這些瓶子不斷吸引人們死後葬在這裡，才逐漸堆高成爲如今的墳區山丘。

有人則說日本納骨所裡活埋的全是台灣女人，好讓戰敗後切腹自盡的日本軍官依舊有人服侍，因此太陽下山後，日本納骨所附近總能聞到燒菜的氣味。

許多年後，當郭韋瑄、梁育廷、孫宏軍、吳子淳、洪嘉枝想起這些說法，這五個孩子還是會像當年那樣，爲所有人恐懼郭韋瑄舅舅家廚房準備晚餐飄出的香氣感到好笑。後來是梁育廷告訴王勝邦，他才知道五個孩子深刻堅定的友情是在那一刻建立起來的。

然而孫宏軍在那個時候並未讓其他四人知道，自己嘴上喊叔叔嬸嬸，但實際是父母的孫順賢、林秀英，也與郭韋瑄的舅舅、舅媽一樣，從事替人洗骨、牽魂的工作。

寫生那天，郭韋瑄用蠟筆，以五個人與王勝邦老師爲主角、日本納骨所爲背景畫了一幅畫。畫中的六人站在灰色日本庭園石燈前，一起從墓區山丘的頂端遠眺整個覆鼎金地區。他們一起將畫送給王勝邦，彷彿象徵眾人之間珍貴的師生情與友情。過去王勝邦不曾遇過這麼有心的學生，他格外珍惜，並將畫貼在房間書桌前的牆上。

07

抗議當天，幾乎所有覆鼎金的居民都到了。這是大家第一次向高雄市政府表示對都市更新、土地徵收的不滿。王勝邦在現場看見郭科星、張有隆帶頭，將熟透的鳳梨一粒粒扔到鎮暴警察隊伍身後。越接近中午氣溫越熱，市政府前廣場聞起來又酸又甜膩，讓人牙根發軟。

當所有鳳梨與雞農提供的雞蛋砸完時，抗議現場曾一度陷入幾分鐘的安靜與窘困，這時活動大約已經進行一小時。所有人開始懷疑是否需要第二次抗爭行動，才能換取當事者出面說明。

突然，現場騷動，王勝邦班上最有力氣的孫宏軍單手扛著一口素胚棺材，從人群的裂縫中踏步而出。而他前面，是王勝邦班上最聰明的梁育廷，與孫宏軍的叔叔孫順賢。

這口棺材一直到王勝邦離開覆鼎金的時候，依舊留在市政府前廣場。沒人移動的理由很簡單，並非當局害怕觸霉頭，或找不到人處理，而是梁育廷爲了不讓抗議行動結束後，現場快速復原，以至於被大家遺忘，特地請孫宏軍在孫順賢提供的棺材內塞滿金屬石塊。

棺材非常重，孫宏軍像放杯子一樣順手擱下時，現場所有人都聽到了重物頓地的聲音，只是當時沒人料到它的重量遠遠超過想像。

孫宏軍在走回叔叔孫順賢與梁育廷身邊前，輕描淡寫推了推棺材，讓它正對著市政府門口。

包括王勝邦在內，抗議結束的當晚所有人都明白了兩件事，第一是鳳梨不僅會咬舌，也會咬手，數量夠多的鳳梨能讓整個里發癢。這陣鳳梨癢足足折騰兩天才完全消退。此外，大家明白的第二件事則是：孫宏軍的父母是撿骨爲業的孫順賢、林秀英夫婦，而非在澄清湖南面駕駛電動船的孫順達、朱添梅。

那個其貌不揚的孫順賢在他哥哥孫順達與嫂子朱添梅結婚沒多久，就從哥哥的口中得知，他們無法生育的情況。因此，孫順賢後來在得知妻子林秀英懷孕時，堅持將第一個兒子過繼給哥哥。

他的考慮非常周密，包括孫家傳宗接代、維繫兄嫂婚姻，最重要的是他認爲他們所從事的安葬埋骨職業卑微，會爲子女埋下羞辱與悲哀的種子。

所以，之前孫宏軍提出來與梁育廷討論的各種疑惑中，次數最多的莫過於，爲甚麼婿嬸林秀英經常跛著腳，用半天的時間搭車走路，只是爲了從覆鼎金墳區那邊來送些糖果餅乾給他。當時孫宏軍看嬸嬸每次離開總哭得很傷心，還以爲她捨不得那些零嘴送人。而且每逢過節，孫順賢會將這陣子存下的錢換成大鈔，裝進紅包袋裡交給哥哥。

孫順賢知道這是唯一疼愛兒子的方法，他也知道即使自己不這麼做，哥哥孫順達也不會虧待孫宏軍。

孫宏軍是他們兄弟共同的兒子，約定好誰都不能說破。

他們要他叫孫順達爸爸、叫孫順賢叔叔，然後任憑弟妹林秀英誘姦大哥孫順達，或朱添梅因孫宏軍而與孫順達鬧不和等種種傳聞在覆鼎金地區擴散。

抗議事件結束後，孫家弟妹誘姦大哥的傳言不攻自破，所有人一掃過去的疑慮，改用愧欠與羞赧的眼神看待林秀英；大家同時也以爲孫宏軍自那天起，會改喊孫順賢爸爸。但他並未這麼做。

很久以後，當覆鼎金的人們回憶起這件事，大家很確定孫宏軍是用一種與他神奇力量一樣大的勇氣，在抵擋這些傳言。

最初，朱添梅對於能撫養孫宏軍確實是高興的，但她始終認爲無法生育的問題在孫順達身上。她告訴他，孫宏軍終歸不是自己的孩子，等他明白所有關係，勢必會回到自己親生父母身邊。

孫順達非常疼愛孫宏軍，一週至少一次，他會駕著船載他遊湖。這是父子少數獨處的時間。不只一次，孫順達因朱添梅的關係，險些向孫宏軍透露實情，只是，那些關於孫宏軍眞實身世的祕密，往往到了嘴邊便又呑回肚子裡，或是沿著嘴角被吹散在澄清湖上的微風中。

他彆扭而壓抑的神情，孫宏軍看在眼裡。他知道孫順達沒辦法說出口的那些話之中，還包括了不想失去養子的痛苦。

因此，孫宏軍從國小三年級開始，經常找梁育廷吐露心事，或自己一個人躲進覆鼎金墓區的祕密墓室中。這個墓室，是後來孫宏軍了解自己的生父其實是墓區以撿骨安墳爲業的叔叔孫順賢後，經常前往墓區才發現的。

孫順賢與其他五間葬儀業者，都擁有墓區幾個墓地的使用權，包括日本納骨所墓室鐵門的鎖匙、示範公墓柵門上鐵鍊的鑰匙，與萬應公廟廟底生鏽門上鎖頭的鑰匙。實質意義上，等同這些業者，包括郭韋瑄的舅舅張有隆在內，負責管理這幾個墓地。

去年農曆七月地方上舉行中元普渡時，孫宏軍注意到主普用叔叔孫順賢的鑰匙，打開萬應公廟廟底的鐵門。

這間萬應公廟位在鼎金一巷接近南邊出口，利用水泥民宅作爲放置無主遺骨的場所。若不是門前兩座石燈與香爐，這間房子很容易被誤認是一般住戶。

主普用孫順賢的鑰匙打開的生鏽鐵門面朝香爐、終年上鎖，只有普渡時才會打開。去年打開的時候，孫宏軍靠近朝裡頭看過，發現除了一塊刻有「萬姓公」的石牌外，甚麼也沒有。

農曆七月結束後一個週日下午，他拿了鑰匙，自行溜進萬應公廟裡頭，才知道裡面除了只有一塊石牌，還有另一扇鐵柵門。

就在孫宏軍從口袋掏出鑰匙串，想試著打開鐵柵門時，一顆金屬小浮球從他口袋跳出來，並由門縫滾進鐵柵門內。

這是被被孫宏軍喊爲爸爸的孫順達之前送給他的小玩具。因爲孫順達以船爲業，這顆只有拇指大小的金屬浮球吊飾，彷彿是孫順達的象徵，孫宏軍每次想起孫順達，便會捏捏口袋中的這顆浮球。

孫宏軍原本嘗試打開柵門只是好奇，現在因爲小浮球掉到門裡，他認爲自己更有理由打開柵門。

孫宏軍試了所有鑰匙，柵門依舊緊鎖，力大無窮的他沒有花太多時間思考應該怎麼做，便像撥開所有家中用來分隔廚房、客廳的串珠簾子，一手一邊，扳開了鐵柵門。

小浮球受到撞擊發出金屬聲響，順著地勢快速走低的甬道滾去。

這條又濕又冷的長長甬道，大約一個成年人高度、寬度，兩側牆壁能看得出是手工開鑿，路面隨地勢越低，潮濕甚至滲水的情況越嚴重。日後孫宏軍甚至特地放了一雙雨鞋在萬應公廟這一頭，以免再像第一次那樣弄泥整雙鞋。

甬道潛過高雄高爾夫球俱樂部的地底下，以直線的距離直通澄清湖底，那是一個明亮寬敞的密室，蓋在湖底，透過幾片玻璃艙窗能清晰看到澄清湖水底。

頭一次看到這樣的景象把孫宏軍嚇壞了，他一度以為自己是被傳說中的藍尾巨蛇吞進口中，當巨蛇游入澄清湖，就能自蛇頭上如玻璃般清澈的雙眼看到湖底景象。

當時孫宏軍試著將手放在玻璃上，他想感受湖水的溫度。不過他立刻收手，放棄這個念頭，因為他想到自己天生神力，一不小心可能會弄破玻璃。

密室除了兩片巨大的玻璃，其餘都是被湖水藍光閃閃照映的石壁。這些石壁與甬道一樣雕面粗糙，也是人力開鑿的，上面模糊刻著一首孫宏軍不曾聽過的短詩：

趴鼎金，選五子，
五子領奇能，本領通天萬事成。

三個大王渡船仔，
啼三聲，予人驚。
飯篕核蘿𨉷，鍋藝水裡泅，
龍船鼓水渡，水車拍碌磚。

趴鼎金，五囝仙，各司本領藏奇兵，
五仙護百姓，年年過好年。

在郭韋瑄帶全班到墓區寫生後，很久一段時間，孫宏軍才向其他的好朋友說明，自己的叔叔嬸嬸跟郭韋瑄的舅舅張有隆一樣，也是從事葬儀行業。在那之前，孫宏軍只願意將這樣的祕密透漏給梁育廷知道。

孫宏軍還記得，當時梁育廷搬來大約一個手掌高度的回收廢紙堆，順手抓了其中一張，將孫宏軍的祕密寫在上頭，然後再插回紙堆裡。

「試試看，找不找得到你的身世。」梁育廷說。

孫宏軍花了四個鐘頭的時間，將成疊的回收廢紙全部看過兩遍，依然找不到寫有他祕密的那張紙。

梁育廷告訴他，不是所有事情都能被留下，即使白紙黑字，寫在紙上也是如此。孫宏軍明白這是他最要好，同時也是最聰明的好朋友表達友誼的方式。

一個週六上午，孫宏軍吃過早餐到道德院接梁育廷，這是他第一次對外透露藏在萬應公廟後頭的甬道與密室。

之前孫順賢、張有隆與其他葬儀業者，都用過自己手上的鑰匙，打開萬應公廟廟底的生鏽鐵門，只是每個人都被擋在裡面的鐵柵門之外，不曾有人入內，只有擁有神力的孫宏軍，能拉開鐵柵門發現密室，而梁育廷則是第二個進入密室的人。

08

在孫宏軍帶梁育廷進入密室時，他並未表現太多驚訝，只有看到石壁上的短詩時楞了兩三秒鐘，便拿起紙筆抄記。

他告訴孫宏軍，自己曾在外公特別重視的一批奇特的廢紙中，看過類似的文字。那批像古籍的廢紙是梁育廷的父親梁南昆在最後一次回收時帶回家的。

由於梁育廷擁有與他外公一般通天的智慧，班上同學除了郭韋瑄、孫宏軍、吳子淳、洪嘉枝這四位好友之外，大家無不認爲那正是他與眾人格格不入的原因，許多同學甚至因爲不曾跟梁育廷說過話，就認定他驕傲自大，瞧不起人。

然而，事實上，關於梁育廷的事，整個覆鼎金地區上了年紀的居民都知道；他們知道的，甚至比梁育廷的四個好友及王勝邦老師還要多，有些人甚至在那一年親眼目睹整件事情發生的經過。

梁育廷的父親梁南昆在娶了江宛蓉後，順理成章與岳父江金和一起從事廢紙回收的工作。江宛蓉是梁育廷的母親，也是江金和與何幼花唯一的女兒。

江宛蓉出生之後第七天的深夜，天空連續打了十多道響雷，何幼花被吵醒時發現自己的女兒一動也不動，雙眼睜大死盯天空。十多道雷的閃電晃得江宛蓉的瞳孔發白，看上去就像個沒有靈魂的軀體。

年輕的何幼花害怕極了，認爲是年幼便雙亡的父母的靈魂在作祟，她嚇得尖叫。睡在身邊的江金和被她驚恐的叫聲吵醒，坐起身，看了一看她床頭邊喝乾的杯子說：「都是空的，難怪看得見底。」

當時江金和與何幼花只有二十歲，從沒養育兒女的經驗，除了女兒剛出生沒多久深夜奇怪的閃雷，他們並未察覺女兒有任何異樣。

直到她一歲六個月大，兩人才發現她經常將手舔濕，拓印報紙上的油墨黑字，再津津有味放到嘴邊啃食；除此之外，她幾乎不開口進食，也不曾開口說過話或發出任何聲音。

他們曾一度以爲江宛蓉能靠著吃報紙上的油墨長大，卻不知道女兒經常一個人深夜趴在屋內地上遊走，舔食牆角與樓梯縫裡的跳蚤與塵蟎。等兩人驚覺女兒智能幾乎等於零，宛如怪物，已經是她過完五歲生日的時候。

從那之後，何幼花的臉上就不再有任何表情。

由於他們不知道該餵這個特殊的孩子吃甚麼，江金和那幾年只能從鄰居那裡搜刮大量的舊書報，拆成一張張鋪滿客廳地面，再把江宛蓉放在中間。通常一整天下來她能吃掉八份報紙，或半本電話簿上的字量。

後來，人們總能看見江金和拖著輪車，用覓食的眼神在這個地區撿回收廢紙。

何幼花因爲字跡漂亮，一直在金獅湖旁的道德院幫忙。那裡布告撰寫、經文謄抄一切與寫字有關的事，都由她包辦，而廟方則視情形支付她酬勞。只是這一點微薄的酬庸，並不足以支撐何幼花、江金和、江宛蓉一家三口的生活，維持他們溫飽的，主要還是廟中信徒供奉的食物。

每天傍晚，廟方會將供桌上所有的食物分送給在廟裡工作的鄉親，何幼花也會分一點。這個微不足道的福利成爲她在道德院中工作，除了能爲女兒祈福之外的另一個原因。何幼花幾乎一週七天、一天九個小時，都帶著江宛蓉待在道德院內，等傍晚江金和差不多結束廢紙回收的工作，她才帶女兒回家。她寧可白天放著江宛蓉在院內，任人對她近似癡呆的行爲投以異樣眼光，也不敢單獨與她共處在家。因爲過去曾發生過一件事，讓何幼花對自己的女兒感到恐懼。

那一年農曆過年，何幼花受鄰居之託寫了十多幅春聯，掛在客廳椅子、桌子上等待墨水陰乾。當她最後一次拿著寫好的聯子，走出房間時，被女兒江宛蓉嚇壞了。當時，所有的春聯全在地上，春聯紙上一個字也沒有，乾乾淨淨，就像新的一樣。而江宛蓉坐在紙堆中，全身黑墨。在何幼花用彷彿看到怪物的眼神看向自己的女兒時，江宛蓉發出非常細微的飽嗝聲。

這個聲音，要是沒記錯，跟多年後女婿梁南昆車禍身亡時，何幼花在肇事現場聽到從遺體身上發出的細微聲音是一模一樣的。

當初江金和把女兒嫁給梁南昆的時候，覆鼎金地區的人們都為江金和與何幼花感到慶幸，認為梁南昆能協助岳父江金和資源回收，並照顧那個活了二十多年卻不曾開口說話，並四處找字吃的江宛蓉。

只是大家沒想到，梁南昆在江宛蓉生下梁育廷一年後，在一次外出回收廢紙的路上車禍身亡，而這也成為日後梁育廷與人互動困難的主因。

梁育廷從小到大不曾聽外公江金和或外婆何幼花談論那次車禍，但他從鄰居口中得知，父親梁南昆在收完廢紙的回家路上，遭車輛撞擊，下半身大量出血。當時梁南昆還撐著身體，將飛散的書報紙張拉回身邊，以至於死亡時，他的身邊堆滿染紅的各式紙張，五顏六色，像極了一朵綻放的花朵。

梁南昆過世後，江金和改帶女兒江宛蓉上街回收廢紙。他將揀回來外觀完整的書報雜誌留給孫子梁育廷閱讀，殘破的則拿給女兒江宛蓉，或是用繩子綑紮，製作成矮凳、地墊，讓全家人可以在上面休息。只是這些被拿來製作成簡單家具的廢紙，只有報紙或白紙兩種，因爲何幼花禁止任何人睡在有顏色的紙張、書報上，她說那會讓她聯想起梁南昆的死狀。

比起以前，何幼花在道德院的時間更長了。除了謄寫經文公告，她後來還幫忙誦經，因此每天更早到廟裡，總是忙到晚飯時間才帶著食物離開。

道德院主奉太上老君，是台灣少數以道家爲主的寺廟，比起只有焚香參拜的道教廟宇更重視講經開示。何幼花以前不曾聽經，女婿過世後，她只要忙完還有時間，就會到後殿二樓的誦經大講堂最後一排聽經。只是無論《道德經》或《黃庭經》，對她來說都太過艱深，所以很多時候，她只是坐在椅子上想自己的事情。

那時何幼花想通一件事，她認爲每個人都是容器，能夠盛裝的智慧有限，女兒江宛蓉像供桌上的小酒杯，而外孫梁育廷就像魚塭，甚至是更大，像海洋一樣無邊無盡。

有了這個想法後，何幼花甚至還釐清了一件事，那就是她認爲梁育廷的智慧，遠遠凌駕在丈夫江金和之上。後者被眾人稱爲通天智者，智慧雖然淵博，但依然有限；而前者的智慧彷彿連結著許多數不清的智慧，就像魚塭連接著魚塭，一個接著一個，能夠裝載無窮無盡的知識。

因此，梁育廷從國小一年級開始，便被何幼花叮嚀每天下課後要來道德院聽經。二年級開始，他會拉著媽媽江宛蓉一起，他認爲自己的母親能透過聽講經文恢復智力。

由於江宛蓉是一個不曾開口發出任何聲音、不曾打擾其他人的智能障礙者，加上這裡的人們都知道梁育廷是難得一見的天才，因此並不阻止他們。

那一年多的時間，梁育廷、江宛蓉母子都坐在最靠近後門口的位置。梁育廷聽經的時候，兩手掌會合抱著江宛蓉的手，避免她中途離開。

由於誦經大講堂的窗子面朝西南，下午過後，太陽西曬會直接照進屋內，江宛蓉坐的位置剛好被照到一半。有趣的是，西曬照射的範圍四季略有不同，冬季太陽下山得早，日照範圍較大；夏季則剛好相反。因此，來道德院聽經的人會用江宛蓉身上陰影的位置來判斷節令，第一課結束時，若陽光照到江宛蓉的鼻頭，是小雪；照到下巴，是立秋；若在胸口，則是穀雨。

後來眾人回想那段時間，江宛蓉簡直就是一個分秒不差的日晷，她靜止不動坐在位置上，讓陽光在她身上報時。

梁育廷總會在每天固定的三堂課講完後，背起書包，輕輕扯動母親的手，拉她起身，讓她像影子一般跟著他離開。除此之外，江宛蓉不曾自己離開過大講堂，她永遠坐在自己的座位上，一動也不動，直到事情發生的那天。

那天一早起床便一直下著雨，而且是那種不撐傘會淋濕的毛毛細雨。梁育廷下課後到道德院，看外婆何幼花忙著謄抄下週與中部宮廟交換的文牒，自己便牽著母親直接上二樓大講堂，坐進最靠近後門的座位。

梁育廷當時已經十歲，眼睛閃著對一切知識熱切的目光。直到第二課開始，江宛蓉依舊安靜端坐，一如往常，但就在《太上老君開天經》被講到「洪元既判，而有混元」的時候，她轉過頭跟自己的兒子說想去廁所。

這是江宛蓉生平第一次開口說話，但因為當時梁育廷聽得入神並未查覺任何不對勁。他點了點頭，像是回應台上的講者，也像回應自己的母親。

江宛蓉對著梁育廷露出一個非常專注的笑容，那個笑容與常人相同，極為短暫的一瞬間，江宛蓉不再癡愚。

然後，她從兒子的手中抽出自己的手，一轉身，消失在門邊。

等第三課在「太初得此老君開天之經，清濁已分，清氣上升爲天，濁氣下沉爲地」的段落結束時，梁育廷才發現自己雙手合握的，是一條外婆何幼花爲了怕進食沾髒衣物，刻意纏在母親江宛蓉脖子上，有如絞縊上吊用的毛巾布。他的母親一去不回，消失在道德院裡。

一直到後來，覆鼎金的人們談論起遺失江宛蓉的頭一兩週，大家四處奔波，只是爲尋找一位從未開口說話，彷彿不曾存在的人，還是會忍不住面露難色，有些人甚至還會忍不住發笑。

那個時候，人們已經遠不如從前那般良善，他們不曾察覺彼此的改變，也不在意那樣的改變。他們忘了當時爲了協助江金和、何幼花尋找女兒，里內幾個年輕小伙子甚至潛下金獅湖，深怕江宛蓉是意外失足落湖失蹤的。

金獅湖畔除了道德院，另一間規模更大的寺廟就是保安宮。保安宮的全名是覆鼎金保安宮，是這個地區最重要的寺廟。保安宮從清咸豐年間結社在這個地方後，至今已有兩百年歷史，經過多次翻修，外觀上明顯比道德院來得新穎氣派，但實際上，保安宮卻早了道德院一百多年。道德院現今的廟址，還是保安宮提供的。

因此，江宛蓉走失的隔天，梁育廷便請同學洪嘉枝幫忙，希望她的父親，也就是目前保安宮的常務董事洪啓松能幫忙尋人。

09

五個孩子中，王勝邦最後了解的是洪嘉枝。即便一直到後來，他還是沒辦法幫她找到一個注記，像其他四個神奇的孩子那樣的注記：郭韋瑄擁有仁德之心、梁育廷則是追求眞理的智慧、孫宏軍具備永恆力量、吳子淳的是哲人的魅力。

洪嘉枝是保安宮常務董事洪啓松的獨生女，也是班上個頭最小、最不符合年齡的學生。王勝邦記得剛到學校沒多久的一次早晨朝會，自己從班級隊伍後頭走去，發現洪嘉枝的髮型不折不扣是顆西洋梨子的形狀，樣子可愛極了。他注意過洪嘉枝的雙眼眼角有些下彎、眉頭微蹙，讓她看起來總像有些賭氣；加上洪嘉枝豐厚的雙頰繃著粉紅色的小嘴巴，彷彿正爲某些事嘟嘴不開心，也爲她博得不少同情與關愛。

此外，在洪嘉枝齊眉劉海下露出的是比十歲再年輕三、四歲的眼神，讓人看了心生憐惜，好像她總是把煩惱往自己肚子裡吞忍一樣。曾有一度，王勝邦以爲洪嘉枝只是比一般孩子還能忍耐，直到那件事發生，他才確定她跟其他四個孩子一樣擁有神奇的天賦，而她的天賦是留住美好的能力。

那個下午是王勝邦到校任教接近一年的五月某個假日。午後下起驚人的雷陣雨，他當日輪值，例行巡視了校園幾個下雨必須上栓或上鎖的閘門後，跑回辦公室幾乎全身淋濕。他用毛巾將頭髮、衣服擦乾，突然發現洪嘉枝正從走廊上貼著窗子看他。王勝邦趕緊將她拉進辦公室，問她爲甚麼假日跑來學校。他一邊聽洪嘉枝回答，一邊繼續擦乾頭髮，並同時爲她沒被大雨淋濕感到慶幸。

洪嘉枝盯著王勝邦一陣子，然後說：「老師，你哭了，哭得全身都濕了。」

很久以後，王勝邦才將這件事和當天晚上夢見自己與妻子黃淑華、亡子王聖任一起生活的夢境聯想在一起。他確信，當時洪嘉枝帶來的正是自己過去美好的時光，畢竟在王勝邦三十三歲那年發生事件後，他只願意往前看自己的人生，並一概否認三十三歲以前的生活。

嚴格來說，王勝邦的生命並不特別，他與其他人差異不大。二十二歲那年他從師範學校畢業，當完兵後，便直接派任國小教師。年輕氣盛的他在退伍前因聯誼活動認識了妻子黃淑華，聯誼後他們私下約了四次會。王勝邦退伍後馬上向黃淑華求婚。他的父母原先不贊成兒子這麼快結婚，希望彼此再多了解一點，但王勝邦連番請命，兩老猜測大概是女方已經懷孕。

王勝邦的妻子黃淑華也是國小老師，天性樂觀，留著一頭男孩子短髮，臉上永遠掛著笑容，是許多家長心中的模範教師。當年許多家長甚至想介紹自家的未婚男性給黃淑華認識，大家都認爲能娶回這樣一個老師是家中的福氣。所以當黃淑華的結婚喜訊傳來時，很多人都心碎了。

王勝邦與黃淑華的婚禮辦得很簡單，是選在婚宴會館提供的戶外庭園區進行的，當天邀請的賓客人數不超過四十位，大約就是親友、同學與王勝邦的軍中同袍。

黃淑華記得那天婚禮進行到交換戒指的時候，會場突然吹起大風，不僅自己的頭紗被吹到不知去向，連桌上擺放餅乾蛋糕的銀架也統統倒了。黃淑華記得大家很年輕，笑得很開心。年紀足以做所有人祖父的證婚牧師並不喜歡這樣的情況，在一旁拉緊長袍靠著牆皺眉。

這位證婚牧師並不是正式的神職人員，只是婚宴會館爲了噱頭請來的臨時演員，他在狂風中用接近耳語的音量，向新婚夫妻預言這段婚姻的悲慘結局。王勝邦、黃淑華或其他任何人都沒有聽到臨時演員的忠告，他們的笑聲太大，風聲也太大，掩蓋了足以提醒他們免於噩耗的警訊。

結婚隔年，黃淑華生下一個男孩，取名王聖任。

王聖任八歲前，只要黃淑華帶他出門，逢人便一定會將自己的生產過程說一遍。她說，整個生產時間長達兩天又九個鐘頭，這期間的每分鐘，都像即將生產一般劇痛，與其他孕婦陣痛，有高低強弱變化的情況完全不同。她的孩子像是在刻意虐待母親。分娩過程中，黃淑華好幾次緊緊掐住接產護士的手，告訴她們放棄小孩。她甚至幾次想死，或用任何方式換取疼痛終止。黃淑華痛得完全忘記，早在她懷孕期間這個胎兒就曾讓她經歷各種不尋常，而且怪異的事。

在黃淑華懷孕七個月的時候，她身邊的親友與王勝邦才開始對她依舊扁平的肚子感到不可置信，甚至覺得有些恐怖。

那段時間，黃淑華幾乎沒有食欲，每天大約只吃得下一碗小碗的蚵仔麵線，有時候，連那樣的份量她也吃不完，吃一半吐一半。王勝邦帶她看過幾個不同的醫生，無論中西醫都檢查不出問題，只認爲是孕婦胃口差、吃得少，其餘一切健康。

黃淑華的十指指甲一天天變黑，像是某種血液循環不良或中毒反應。兩人最後決定，黃淑華申請留職，先回老家休養，等生完孩子再回學校上課。

老家附近從小拜到大的太子廟告訴黃淑華，是遊蕩在她台北住家周圍的精怪鬼魅想奪取胎兒，才讓她吃不下東西，企圖活活餓死胎兒。廟方人員說，有些鬼怪甚至會在孕婦兩腿之間畫圓，讓婦女誤以爲自己順利懷孕、產子，但其實胎兒早在懷孕初期就已經被母體吸收，最終產下的只是老鼠模樣的死胎與發臭的胎盤。

太子廟爲黃淑華進行兩天的法事，用傳統的符籙與咒語保住她與她的孩子，只是，當黃淑華離開時，太子廟的人員卻告訴他們：「留不住的終究會離開。」

預計分娩的前兩天，黃淑華半夜被奇怪的腳步聲吵醒，接著突然腹部劇烈疼痛。印象中，自己捧著不怎麼凸的肚子起身下床，身邊王勝邦熟睡得像殯儀館的遺體，當時，她留意到他平躺的身體完全死寂，沒有絲毫起伏。

就在黃淑華想到客廳打電話而走出臥室時，她被滿地的頭顱嚇壞了。

這些頭顱從臥室門口滿布到客廳，一個個因爲窗外照進的街燈而閃著濕潤光澤。他們每一顆都只有半個巴掌大，而且仔細看會發現，這並非人類頭顱，也不是動物的，而是用白蘿蔔雕刻成的圓球，中間略凹，具備眼口，乍看就像嬰兒頭顱。

正當黃淑華疑惑這些小蘿蔔頭從何而來時，她發現一樓客廳的鐵捲門被某台貨車的尾端撞破一個大洞，這些頭顱正是從貨車上滾進屋內的。

黃淑華捧起肚子，爬上那堆頭顱斜坡，手忙腳亂的樣子好像心急想逃離這間屋子。她登上蘿蔔堆的最頂端，繞過貨車頭，赫然發現自己的丈夫王勝邦正坐蘿蔔堆上，姿勢就像準備溜滑梯。她還沒開口喊，王勝邦便滑著一顆顆濕膩的小蘿蔔頭而下，消失了。

同時，王聖任也誕生了。

包括接生醫師、護士在內，每個人都在那一刻聞到濃烈的花香。黃淑華自己也因爲刺鼻的香味，從疼痛暈厥中清醒。新生的嬰兒四肢健全，白皙豐滿，五官漂亮得像陶瓷娃娃。大家因爲嗅覺過度刺激，紛紛紅著雙眼吸鼻水，看起來每個人都像在哭，像是爲了甚麼盛大的事情感動落淚。醫師說這是他接生過最奇特的孩子。

這一連串過程，黃淑華產子後八年期間，每次逢人必說，雖然內容聽來有點荒誕，但後來有人將她第一年到第八年的說法加以比對，證實這八年來，每次都一模一樣，毫無出入，才讓大家對這件事深信不疑。

王聖任就像他出生時那樣健康，黃淑華認爲他是神賜的孩子，但王勝邦卻不以爲然，經過漫長而危險的懷孕、生產過程，不安與疑慮已經在他心中生根，他認爲王聖任是惡靈一時沒有帶走的孩子。

因此，王勝邦發現自己沒辦法像以前那樣，與妻子分享任何想法，雖然自己是她的丈夫，但王勝邦卻是用旁觀者的態度看待黃淑華種種對未來的憧憬。

她告訴他，想再多生一個孩子，然後兩人教一輩子的書，退休後搬到能在樹下養雞的鄉下終老。幸福而且美滿。這些規劃黃淑華每說一次，王勝邦的隱憂就加深一層。很多年後他再回想，那的確像已知最終將以悲劇收場，而無法全心全意面對這對母子的一場困局。

太子廟的預言很快應驗了。

王勝邦三十三歲那年，王聖任八歲，上學途中校車翻覆，車上二十四位學生、兩位教師、司機全數罹難。現場勘驗的警員告訴王勝邦，車禍發生時，校車後門因撞擊而敞開，除了司機留在車上，其餘所有人皆摔出車外，成爲這起意外的主要死亡原因。

警員將現場描述得很模糊，沒有告訴王勝邦，學生從車廂後門摔出時是一個疊著一個的。罹難小朋友的臉靠在一起堆成山，像農產品載運車卸貨時，拉開後門傾瀉而下的柳丁橘子，只是失血蒼白，更像白色的香水椰子或西施柚。

由於那天下午，校內舉辦一、二年級合唱比賽，二十四位學生當天上學都穿著嶄新的長袖白襯衫、燙了線的黑短褲，與晶亮的黑皮鞋。他們的血與領口亮紅色的領帶，染紅整條馬路。

意外發生後，黃淑華變成另一個人。

前半年她完全無法說話，也不太動，臉上沒有表情，想要甚麼只會用手去指。她經常在同一個位置上一坐就是一整天，曾兩度長出長期臥床病患才可能出現的褥瘡。身體也因爲僅由王勝邦一週幫忙清洗一次，散發出不願移動，便溺於褲子上的屎尿氣味。

黃淑華失去行爲能力的情況持續了半年，才逐漸恢復，但她已經不再是半年前的她，她不僅記不得過往的那些向王勝邦說過的憧憬，更喪失以前的樂觀天性。隔年，在她的提議下，兩人結束了十年的婚姻。

那一年年底，王勝邦向教師評選委員會申請參加下鄉教育計畫，立刻通過核准。隔年他在離開北部前，約了已經離異並分居的前妻黃淑華在餐廳碰面。

上菜前，王勝邦發現前妻似乎已從喪子的傷痛中恢復，她端坐餐桌對面，兩手按在腿上，與過去沒有太多差異，溫婉嫻淑的言行舉止讓王勝邦不禁懷疑，兒子過世或過世後的那半年，都只是夢，或自己胡亂捏造的記憶。

直到上菜那一刻，王勝邦才哭出來。

黃淑華一邊移盤子，一手在半空中揮劃，像宴席主人招呼客人用餐。王勝邦先是疑惑，然後感到驚愕難過。他看著黃淑華爲身邊的空碗盤夾菜，並對空無一人的座位說：

「乖兒子，不能挑嘴，這些吃完快快長大。」

王勝邦突然想起去年簽署離婚協議書時，妻子一邊簽字，一邊喃喃自語的內容，現在仔細回想確實是「我一個人帶兒子生活」、「母子相依為命」等。

10

關於自己的許多事，包括亡子王聖任的事件，王勝邦是後來在溫文仲講述了那本褐皮筆記本的內容後，才接著說出口的，否則關於他三十三歲那年的事，除了前妻黃淑華、以前任教學校的幾位同事、案發處理現場的相關人員，幾乎沒有人知道。

那晚，兩個大男人聊了一整夜，黎明彷彿被延遲好幾年才到來。這是王聖任死亡後，王勝邦第一次向人談起兒子。而且王勝邦認爲，若不是那一次午後雷陣雨的週末假日，在校園遇到洪嘉枝，並且在當天晚上夢見黃淑華與王聖任，自己恐怕永遠也不會再去回想三十三歲那年發生的事；對於前妻與亡子的記憶，也將逐漸模糊，以至於未來再也無法清晰喚回。

因此王勝邦在心中很感謝洪嘉枝，也確信這位與郭韋瑄、梁育廷、孫宏軍、吳子淳四人交情深厚的小女生，跟他們四人一樣是非常奇特的孩子。他們像是爲了提醒王勝邦某些事情，而出現他的身邊。

王勝邦曾在前往保安宮做家庭訪問的時候，想讓洪嘉枝的父親洪啓松知道他的女兒有多特別，但他沒空理會這些，在短短二十分鐘的拜訪中，洪啓松接了十四次電話，問了六次王勝邦的姓氏，並在最後道別時稱呼他丁老師。

洪啓松是覆鼎金在地人，與他同樣擁有矮胖身材的父輩所有親戚，都負責過保安宮的事務：董事、監事、常務董事、常務監事。他曾夜裡站在保安宮後殿廊台上，吸著菸告訴自己，董事長這個家族中從未有人擔任過的職務，是他人生的最終目標。

他從不理會人們用市儈或勢利形容自己，也不在意沉默的妻子洪徐玉鳳諷刺地在錦繡中織進與自己所噴出的煙霧相同的霞霧雲彩，以及越來越多的富貴榮華。洪啓松一生只爲賺取更多錢財、擁有更多權力而努力。這就是爲甚麼當覆鼎金地區爆發都市更新抗議時，保安宮常務董事洪啓松選擇支持政府，與里長郭科星對立。

這兩年來政府六次帶著一次比一次更詳細的都市更新計畫拜會洪啓松。內容清楚提到整個大高雄市以港都風情，在過去五十年間奠定的觀光基礎，以及下個五十年，將藉縣市合併的機會，在這塊古老的土地上開創新的觀光商機。

政府提案人員告訴洪啓松，由保安宮、道德院、曲橋、環保公園、蝴蝶生態園所組成的金獅湖風景區，位在覆鼎金範圍內，是大高雄地區與澄清湖、蓮池潭、愛河齊名的水域景點。風景區內的金獅湖因爲與獅頭山相鄰而得名。縣市合併後，覆鼎金成爲大高雄的地理位置中心，金獅湖的保安宮也將成爲核心景點。

政府人員說，如果洪啓松能協助疏導這個地區的人們配合計畫遷居改葬，未來編列給保安宮的觀光預算自然不會少。

從地方建設或長遠考量評估，洪啓松認爲這樣的機會應該把握，他並未察覺自己的念頭建立在貪婪之上，也沒發現，其實整個覆鼎金地區的人們都已在不知不覺間扭曲自身的性格，遺棄土地給予他們的種種天賦。

經過幾次密談，洪啓松不僅贊成開發覆鼎金，並認爲自己能協助政府遊說里民。他四次找上里長郭科星討論，從各種利益角度試圖說服郭科星。

洪啓松最後一次離開里長服務處的當天晚上，郭科星無法成眠。他回想幾次與洪啓松的商議，自己總以先人墓地安葬在此爲由拒絕都市更新，但郭科星心裡知道，這個立場撐不了太久，到最後政府還是會強制執行。

此外，郭科星在許多年後想起，當年所有居民出面，向洪啓松懇求幫忙協尋梁育廷離奇失蹤的母親江宛蓉時，他不僅不理會，甚至向眾人強收金獅湖環境清潔費、設施保養費用；當時，郭科星明白了一件事，那就是沒人能保護覆鼎金了。

那一次所有幫忙尋找江宛蓉的居民都記得，洪啓松的態度就像在眾人面前築起高牆。若是在以前，居民看到這樣勢利貪婪的嘴臉，肯定無不憤怒；但如今，眾人逐漸失去善良心性與珍貴的天賦，他們一部分的人對洪啓松的話感到困惑，一部分只是聳聳肩，表示沒甚麼大不了，但就是沒有人出面指責。

現場靜默很久，然後梁育廷開口說：「以前走過保安橋就能到保安宮，現在看來是怎麼樣也到不了了。」

梁育廷說完便拉走洪嘉枝。洪嘉枝因爲父親不願意幫忙而感到難過。她沒有郭韋瑄寬容仁慈，沒有梁育廷的理性智慧，沒有孫宏軍的勇氣果敢，也沒有吳子淳的從容沉著，她只好不斷哭泣來表達自己的哀傷無助。

江宛蓉失蹤的當天晚上，五個孩子的老師王勝邦陪著他們找遍道德院周圍，特別是道德院背後緊靠的獅頭山。這座山嚴格來說只是小小的山丘，林蔭扶疏、花草茂密，幾條人工鋪設的環山步道讓這座小山丘成爲居民最好的避暑乘涼去處，只是步道錯綜複雜，就曾有遊客入山卻繞不出來的情況。王勝邦擔心江宛蓉被困在山丘上，要五個孩子分別從不同的步道入口地毯式進行搜索，直到深夜才各自回家休息。

隔天一早，更多人來幫忙。金獅湖的湖水來自鼎金圳，再匯至愛河，最後排入高雄港，大家擔心如果江宛蓉落入湖中，恐怕會凶多吉少，因此不少人穿上潛水裝備入湖尋找。

梁育廷帶著王勝邦及四個好友，又從頭再找了一次道德院複雜的建築物內部。由於梁育廷從小在道德院長大，知道廟宇建築複雜，若無人帶路，很多角落恐怕一般人根本到不了，他認為保安宮也一樣，具備複雜的門廊走道，因此在第二次徹底找過道德院後，他問洪嘉枝，是否能找她母親洪徐玉鳳幫忙。

之所以在洪啓松回絕協助的第一時間，沒有想到洪徐玉鳳，是因為一直以來洪嘉枝知道母親不太過問旁人的事，生活深入簡出，每天都在屋內刺繡縫紉，除了女兒洪嘉枝、丈夫洪啓松，及兩個廟裡幫忙的阿婆，她幾乎不太與人接觸。這幾年，洪徐玉鳳甚至連自己的丈夫也不太見面了。

洪啓松的妻子洪徐玉鳳擁有高貴的家世背景，她是台南天彩繡莊老闆最疼愛的三女兒。在過去，台南因為最早被開發，廟宇的數量居全台之冠，每逢節慶，這些廟宇為了酬謝神明，必定重金聘請一流匠師為神明縫織精緻華麗的錦緞彩披；每隔一段時間，這些宮廟也會為廟裡的師公訂製繡有寶塔奇獸花卉的絳衣，或訂製繡有八仙祝壽圖案的桌裙來妝點壇桌。因此比起其他地區，台南繡莊的數量更多，所生產的錦繡品質也更好。而這些繡莊因爲是爲神明服務，所以不同於一般商家，格外受到地方尊敬。

當年，洪徐玉鳳的父親是台南最著名的錦繡師傅，名聲傳遍全台灣，他的天彩繡莊在清末年間，與乾寶號、海霞繡行共享「府城三針」的美名。三家繡店拿手絕活不同、各有專長，不過當時的宮廟都知道，無論哪一家，繡織品往往下訂後，得整整等上一年才能取貨。

洪徐玉鳳的父親曾告訴她，日治時代結束後，台灣百姓恢復原有民俗信仰，那一年的夏天，大家趁好天氣將箱底藏了數年的錦繡拿出來曬太陽去霉味，當時萬華、鹿港、台南幾個最熱鬧的城市，沿街掛滿了手工繡織圖案精細的彩披、桌裙，放眼望去，金光連成一片，瀲灩動人，而其中有一半的錦繡正是出自天彩繡莊。

洪徐玉鳳自幼家教嚴謹，行止溫婉自若，她承襲父親的縫紉手藝，擅長繡織故事人物。她在國小的時候，曾獨自畫了寬三尺、長十七尺的錦繡底稿，內容描述國姓爺鄭成功爲取得反清復明的三件寶物：玉印、栗倉、烏杉材，而勞師動眾船渡台灣的故事。

錦繡中特別引人注意的一段，是鄭成功上阿里山取烏杉材的經過。由於山中部落的番人熟悉地形、奮死抵抗，鄭成功從福州大武山買來百頭老虎作戰，也被擊敗潰不成軍。當中兩頭老虎，一隻跑到民雄，被當地人誤以爲是貓，活活打死；另一隻到了高雄，被以爲是狗，也同樣被打死，因此民雄與高雄才有了打貓與打狗的舊地名。

除了歷史傳奇，洪徐玉鳳也很喜歡織繡神仙故事，最常被客戶指定繡八仙祝壽，或三仙滿堂。因爲從小確定繼承父業，洪徐玉鳳幾乎足不出戶，每天在家練習刺繡。她的父親親自傳授她刺繡技術，並告訴她許多民間故事與鄉野傳聞，那些故事聽在洪徐玉鳳耳裡，全是幾百、幾千年前的事，都與自己距離遙遠；是到了後來，當她拿起針線一一將它們繡在錦緞上，才發覺那些故事近在身邊，彷彿正在發生。

洪啓松到天彩繡莊提親的那一年，洪徐玉鳳已經爲自己織了一張大小足以覆蓋籃球場的繡彩，裡面的內容是她過去所有聽聞的鄉野傳聞。嫁入洪家後，洪徐玉鳳維持在家刺繡不出門的生活習慣，只是，除了忠孝仁愛的正史之外，她再也不刺鄉野故事。

洪徐玉鳳像是把某些關於自己的東西，留在過去，不讓人過問。洪嘉枝曾向四個好友提過母親完全封閉的生活，大家都聽聞過這位深居簡出、高貴優雅的伯母，只是當王勝邦、梁育廷等人，跟著洪嘉枝進入洪徐玉鳳的房間，看到她母親在大家說完話後依舊靜默很長一段，一度還以爲洪徐玉鳳是因爲太久沒與人說話，喪失語言能力。

洪徐玉鳳告訴五子與王勝邦，保安宮原本並不在湖中央。

兩百多年前清咸豐年間，這個地方的居民迎來中壇元帥供奉，當時眾人只幫神像搭蓋了簡單的草屋。到了光緒年間，神像被移奉到公厝中，幾年後整修的同時，請示太子爺命名爲「保安宮」，也稱「覆鼎金廟」。

日治時代結束後，保安宮正式建廟，地點選在鼎金中街與天祥一路的交叉口。二十多年後，因爲附近緊鄰市場交通阻塞，決定重建。當時成立的重建委員會，花非常多時間尋找重建地點，最後將廟址定於金獅湖上。當時所有人盛傳，重建委員會內有人擁有覆鼎金的祕密，其中一則流傳至今，是保安宮正下方藏有清代時期的財寶。

11

關於這項傳言，沒有人能證實，也沒有人能否認。

當年保安宮花了三年時間完成廟殿，卻拖延到六年後舉行登龕大典，隔年才是慶成大典。大家說建廟當時開挖地基，發現了數量驚人的黃金珠寶，私底下，大家認爲這才是金獅湖三個字之中「金」字的由來，而並非文獻上所說：當地土色銅黃彷彿黃金。

他們說，大量黃金被挖出的那一刻，震驚了所有監事委員董事，他們在不到半天的時間內決定，加速工程進行，保安宮廟殿在短短三年內完工，而被挖出的所有財寶又分毫未損，封回廟殿地底下。那時覆鼎金的民風純樸，大家相信這些黃金珠寶是因爲某些原因留在這裡的，不應該被移動。

這件事在當時沒人知道眞相，所有街坊的竊竊私語，全都是無憑無據的傳言。有些人說地底埋的不是黃金，而是一頭高有九尺、長十八尺的巨大獅王的骨骸；另一部分的人則說地下埋著一口巨鼎，約半公頃大小，東西長、南北短，鼎口朝下，就像用過後反蓋晾乾一樣。

因此，宮廟落成時，董事們曾一度認爲應該放棄這裡，另找其他地方再重新建廟，避免未來可能發生的各種問題。

這一考量就是六年，新蓋的保安宮才正式舉行登龕大典。那一天，幾乎附近所有人都來祝賀，大家看著大殿一根根高達三層樓的沖天蟠龍金柱，與天花板的黃金藻井，都覺得六年前的傳言是眞的，那些肅穆莊嚴的龍柱獅座能鎮住巨大獅王的骨骸，爲覆鼎金地區帶來平安。

洪徐玉鳳說，其實，這個保安宮藏有的祕密比所有人所想的更神祕複雜，甚至是洪啓松本人也不知道。

她嫁到這裡後，除了在房裡刺繡，就是在保安宮的藏書室翻看那些古老而難以考究的資料，許多文獻上記載的史料因此變成她繡彩的內容。她告訴他們六人，保安宮之所以有這麼多的祕密，是因爲覆鼎金的緣故。

「這個地方有太多傳說，而每個人又深信不疑。」洪徐玉鳳說的時候看著窗外。

王勝邦聽到這裡，突然想起剛到國小教書沒多久，自己曾告訴學生們關於覆鼎金這個地名的由來。

據聞在現今鼎金中街後面，有一處東西狹長、南北肥短的土丘，面積不大，大約只有半公頃。古籍《台灣府誌》裡頭描述，土丘的表面渾圓光滑，就像裝有黃金的大鼎，覆蓋於地面，因此得名覆鼎金。

江宛蓉失蹤第四天，傳來另一個消息，吳子淳的乾媽鄭淑娟離家出走了。只是這件事在地方上造成的影響不到一天，大家很快地討論，很快地遺忘，看得出搜救江宛蓉已經讓大家感到疲憊，鄭淑娟離家出走充其量只是一則能作爲調劑之用的新事件。

當晚，很久不曾聽聞的順口溜又再度順著風傳遍全覆鼎金，大家唱「飼鴨飼到水某隨鴨走」，然後掩嘴談論吳木山的性無能。鄭淑娟讓這個地區的人們學會譏笑與同情，前者是對於吳家，包括吳木山、吳通父子；後者則是對吳子淳。

那幾天，吳子淳的爺爺吳通一直要兒子吳木山去將妻子找回來，他好幾次揮舞著沒有手掌的左臂對吳木山咆哮，激動的情緒透露出自己比兒子更關切媳婦的下落。吳木山會等父親吼完，再接著說：「過幾天就會自己回來，她是我老婆，我懂她。」

「你懂個屁。」吳通大聲回吼。

這個屁字，到鄭淑娟回來那天還飄蕩在空中，來不及消散。

吳木山沒去找妻子的原因，他自己或鄰里都很清楚。大家說，鄭淑娟之前每日清晨天未亮所走過的竹橋，是通往亂倫地獄的奈何橋；她的公公讓她發出連抽水泵浦都壓制不了的呻吟，就像鴨寮裡求愛的母鴨鬼叫，弄得鄉里內外的雄性動物都睡不著覺。

鄭淑娟回來頭幾天，吳木山擁有的千隻鴨子徹夜喧鬧不休，大家都說鴨群知道自己即將被偷竊，因而感到不安。他們認為鄭淑娟是在外地有了別的男人，這次回來是要偷走吳家這些白絨絨的財富。

然而，事實上卻是鄭淑娟上次的離家出走，是為了先到外地打點好一切，再回來接她的公公離開。她想給吳通一個驚喜，一個新的人生。而對吳通而言，早在當初兒子吳木山成婚時他就知道，這個對他跪地磕頭叩拜的女人，遲早有一天會裸身躺在自己的床上。

為了養鴨事業，生性多疑的吳通這輩子未婚，不曾與哪個女人特別好過。他會夜裡開著貨車，到隔壁縣市的暗巷找女人，並用貨車擋住自己與女體牆邊交纏的畫面，吳通以為不會被人看見，卻不知後來認養的兒子，在他懂事後便經常趴在副駕駛座的窗玻璃上，俯看他父親。

很多年後，吳木山發現那時貼著車窗低頭看到的父親，好像鴨寮裡的那些公鴨，其中的歡樂，是自己永遠不能理解的。

幾天後，鄭淑娟帶走的不只是上千隻水鴨、吳通，還有吳木山最後一點理智。

早在吳木山知道自己的妻子與父親關係不尋常時，他就開始拒絕面對現實，以各種編造的扭曲記憶欺騙自己。這似乎也是覆鼎金居民日漸養成的習慣。吳木山開始相信槽中剩餘飼料的多寡，能預言自己靈魂完全腐壞的時間長短；而夜晚鴨群睡眠時頭朝的方向，則指出將來自己死後下葬的方位。

吳木山用每日照顧鴨群剩餘的氣力，捏造對妻子與父親的各種想像。他的記憶變得片段零碎，謊言成爲他面對自己最常使用的語言，整天渾噩度日，他甚至沒辦法照顧鴨群。鄭淑娟離家出走前的三個月，鴨寮工作已經落在吳子淳身上，當時缺少左手掌無法工作的吳通，極度厭惡兒子行屍走肉的生活態度，經常朝吳木山的背影吐口水。

鄭淑娟若是離家出走，不再回來，事情可能還比較單純；對吳木山而言，鄭淑娟的返家等同這個世界完全腐敗酸臭。無論是已經發生，或尚未發生卻即將發生的一切，吳木山都告訴自己必須接受，因爲他不認爲抗拒或拒絕承認這些事，現況會有甚麼不一樣的改變。

這些吳木山勸自己接受的事，包括過去每天清晨在鴨寮抽水泵浦旁發生的事、妻子鄭淑娟經常看著父親吳通出神臉紅，以及，鄭淑娟返家後沒多久，所有鴨隻在颱風過後的隔日離奇消失。

過去幾個月，雖然餵養鴨隻、整理鴨舍的工作都已改由吳子淳負責，但吳木山每天一早還是會走進鴨寮，像逛雜貨店的客人或像巡察商家的督導，隨手翻翻撿撿，最後再提著飼料桶朝鴨群隨意撒些飼料。這些動作都出於無心，只是吳木山多年的習慣。吳子淳那陣子常看著吳木山心想，若是有天這個男人過世了，他的靈魂應該仍會每日準時出現在鴨寮，重複做這些事。

鴨群消失的那天早晨，吳木山一如往常準時六點半來到鴨寮。他先在鴨舍旁的橘色方形水桶中以水管取水，然後將一張廢棄的學校木椅從鴨舍門口搬到池邊，他在沒有半隻鴨子的池邊站了幾分鐘，朝著對岸發呆，接著又把椅子搬回鴨舍。

然後，吳子淳看到他的父親提起飼料桶，像以前一樣，一邊發出鴨叫聲吸引鴨隻注意，一邊拋撒飼料，只是現在撒出的飼料全落在空無一物的地面。吳木山滿足笑著，低頭朝地面說：「要吃飽才長得大，呱呱。」

那一刻吳子淳知道他父親終於完全逃進他自己的幻想中了。

那天中午過後，吳子淳獨自搭車離開覆鼎金，沒人知道他去哪裡，吳木山也不清楚，只是隔日一早，當吳木山又準時六點半進入鴨寮時，迎面撲來的鴨叫，讓吳木山認為鴨群從來就不曾消失，他們一直安好的活在鴨舍裡，而昨日似乎甚麼不對勁的地方，只是自己的錯覺或幻想。

這幾個月來吳木山所有遺忘或錯過的東西，在短短不到一分鐘的時間內，全被他回想起來；而原先他心中模糊的事物，也突然清晰了。一分鐘後，他拿起水桶，開始鴨寮一天清潔餵飼的工作。

從這天開始，吳木山不再行屍走肉。

颱風夜破損的鴨寮圍籬，馬上修復了。那天黃昏工作結束時，整個鴨寮已經恢復成原本的模樣，看不出裡頭的千隻水鴨曾消失一天一夜，又重新出現。鴨寮看起來與過去一模一樣，唯一不同之處是，從那一天開始，這裡再也看不到鄭淑娟及吳通兩人。大家用幾乎是殺雞起誓的語氣說，若不是兩人私奔，就是被吳木山殺死，剁碎混入水鴨飼料中。

幾天後，這個荒唐的傳言傳遍整個覆鼎金地區；同時，除了五子與王勝邦，再也沒有人記得江宛蓉失蹤的事。

王勝邦後來回想，確認了一件事，那就是當時的覆鼎金已經失去了原先所有的天賦與美德，人們身上僅剩猜測、恐懼、懷疑。

江宛蓉失蹤後的那一陣子，洪嘉枝經常哭，母親失蹤的梁育廷反而倒過來安慰她。洪嘉枝對自己父親洪啓松的貪婪與冷漠感到哀傷，因爲年紀太小，只能用眼淚表達不滿與內心的痛苦。

第一個發現她像老人一般快速衰老的人是孫宏軍，那天他看洪嘉枝哭泣的模樣心中不捨，想撫摸她的頭，給她安慰時，頭髮竟順著孫宏軍的手大片剝落。

起初孫宏軍以爲是自己力量過大，但幾天後，洪嘉枝頭上只剩下薄薄一層像幼雛毛茸茸的髮根，大家才知道，這個擁有留住美好天賦的女孩，已經在大家不曾察覺的時候老去。

當時王勝邦的計畫是，半年內持續與五子尋找江宛蓉，並同時帶洪嘉枝到高雄市區大醫院就醫，他算過，這些事情應該能在他調派前完成。

只是計畫並未如願，上週五下鄉教育執行委員會來函，提前結束王勝邦在覆鼎金地區的任務，指示他兩週後到南投日月潭向新的國小報到。事發突然，王勝邦不得不擱下所有事情準備調差。只是這樣匆忙離開，讓他覺得自己像臨陣脫逃的敗兵，因爲包括江宛蓉失蹤、洪嘉枝生病，在這個地區兩年多來，已有太多事情自己無法置身事外，當然還包括了覆鼎金都市更新的事。

王勝邦離開覆鼎金的前兩天，每年在保安宮固定舉辦的太子盃青少年說故事比賽開始了。

當天，他正好前往保安宮向洪啓松與洪徐玉鳳辭行。比賽台上的聲音透過喇叭響徹整個廟埕，王勝邦走過時想起去年帶五子坐在台下聽故事的情況，當時有位當地別所學校的學生說完故事後，唱了一首描述人物風俗的古老歌謠。歌謠很長，王勝邦記不得詳細的內容，卻有印象旋律輕快，適合兒童哼唱。

洪徐玉鳳等丈夫洪啓松離開房間後，拿出自己的針線盒給王勝邦看。

「打開看看。」她連說了兩次。

王勝邦打開一看，大爲震驚，針線盒中所有繡針都長出茶褐色的鏽垢，這些鏽讓每根原本銀亮銳利的繡針變得醜陋變形，有的鏽甚至凸結成一團，就像開花，彷彿幾十年前就生鏽了。

「昨天還好端端的，今天早上不知爲甚麼，全都生鏽了。」

洪徐玉鳳自己也不知道原因，但她告訴王勝邦，總覺得有些事肯定會發生。

當她把所有繡針依過去父親傳下來的習俗，全數折斷，用紅紙包好扔入金爐時，王勝邦認爲她預感的是都市更新這件事；是直到自己離開覆鼎金一段時日後，他才知道並非如此，而是他離開的前一晚夜裡，洪嘉枝在睡夢中死亡了。她父親的貪婪使她心碎，不得不死。

12

王勝邦調職到日月潭後，經常想起覆鼎金的種種，他掛心覆鼎金都市更新的情況，更擔心洪嘉枝的身體狀況，當時他還不知道這個經常嘟著嘴的女孩已經不在人世。

郭韋瑄、梁育廷、孫宏軍、吳子淳與洪嘉枝，這五個孩子跟他的回憶，常常浮現腦中。尤其他們各自擁有的奇特天賦，更讓王勝邦確信，未來再也不可能遇到如此神奇的事。

一個月後的週六晚上，王勝邦夢到整個日月潭的湖面全是雪白的鴨子，吳子淳遠遠站在碼頭上，對他露出非常迷人的笑容，雖然距離很遠，但王勝邦知道吳子淳笑起來還是一字嘴，在稍豐厚的兩頰上揪出小小的酒渦。那次夢醒，王勝邦心中很難過。過去五個孩子當中，最令他掛心的就是吳子淳，他家庭背景複雜，國小年紀就必須扛起養鴨工作，實在令王勝邦心疼。

中午過後，他打了電話給郭科星，想知道覆鼎金與五子的近況。郭科星告訴他，一個月前洪嘉枝在夢中死亡。她死後，原先一直隱約飄在覆鼎金地區的不安氣氛，正式爆發。自己的女兒郭韋瑄與她的好朋友梁育廷、孫宏軍、吳子淳也在幾天後失蹤。

「覆鼎金現在一團亂，」郭科星大吼，「小孩不知道跑去哪，政府又宣布強制開挖。」

市政府後來決定，將覆鼎金都市更新計畫中原先應該最後執行的遷葬動作，改爲最開始的步驟。政府官員認爲，只要移走先人的墳骨，當地居民也會迫於無奈而搬遷。人性最後一點良善徹底枯竭。

公告命令清楚寫明，營建機具預計以大全二巷爲起點，沿著鼎金一巷開挖進入。由於鼎金一巷貫穿整個覆鼎金墓區，最後與武功巷或鼎力一巷交會，範圍極廣，一旦工程開挖，絕對能讓當地人知道政府都市更新的決心。公告最後寫「未盡事宜，擇另公布」，郭科星知道它的意思是：「住戶請稍等，墓地挖完，就輪你們了。」

施工當天清晨，各種挖掘機具陸續抵達現場，只是這些機具全數熄火停在路邊，沒人作業，因爲進出墳區的幾條路口，包括大全路、大全二巷口，大正路、大正四街、大正二街、大豐街口，武功巷口，鼎力一巷口，鼎金一巷口，全都堆滿了大量帶有泥沙的貝殼，像山丘或墳塚一樣。

這一座座貝殼塚像是被人刻意運來堵住這些巷口，阻止工程開挖。

王勝邦與郭科星結束通話後，試著打給洪啓松，卻沒找到人，反而是半小時後，溫文仲打電話來了。

溫文仲更詳細地告訴王勝邦覆鼎金這陣子發生的事，其中最令王勝邦擔心，是前天開始，居民在郭韋瑄的舅舅張有隆、孫宏軍的爸爸孫順達、孫順賢帶領下，以肉身做牆，圍住覆鼎金墓區主要路口鼎金一巷不讓車輛進入。幾日下來，他們雖然與貝殼塚成功阻擋工程開挖，但時間一久，誰也不能保證意外不會發生，加上王勝邦推測，天氣逐漸炎熱，那些貝殼散發出的腐臭肯定腥臭難聞，有害健康。

「不，那些貝殼完全沒味道，最多聞起來像骨董，一股老舊氣味。」溫文仲說。

溫文仲告訴王勝邦，以前每天都來找唐麗芳的吳子淳，幾日前開始沒再看見；而道德院、保安宮或澄清湖，也都沒再看見其餘的孩子。

王勝邦沒有接話，他忘了要說甚麼，許多年之後，他才想起自己當時想跟溫文仲問的內容是：「金獅湖的湖水還跟往常一樣嗎？」

那時不知道爲甚麼，王勝邦聽到郭科星與溫文仲敘述覆鼎金的情況，心中卻擔憂掛記著金獅湖。

王勝邦認爲自己有必要回覆鼎金一趟，找回四個孩子，並弄清楚都市更新的情況。

隔日他向學校請了兩天假搭車南下。他一路上想著關於五子與覆鼎金的事。郭韋瑄擁有仁德之心、梁育廷具備追求眞理的智慧、孫宏軍則是永恆力量、吳子淳散發哲人魅力，而洪嘉枝代表的是留住美好的能力。王勝邦認爲，洪嘉枝的死亡就等於這個世界再也留不住任何美好，因爲如此，他們接連遺失其他四個孩子。

正當他在車上反覆想這些事，昏昏沉沉快要入睡時，他的前妻黃淑華打來電話。電話裡頭，黃淑華模模糊糊說了很多，王勝邦彷彿能看見以前，她歪著頭用肩膀夾住話筒的模樣。那個模樣，他幾乎就要忘記。

她在電話另一頭告訴王勝邦，陽台種的番茄不同以往，甜得像蜜；她還說，不知道從何時開始，每晚入睡前，浴室窗口總飄來女人哼唱的歌聲，雖然旋律破碎不完整，但音色優美，還是令人陶醉。

她說的事情有一半以上並未傳入王勝邦耳中。王勝邦想聽前妻說話，但由於睡意很濃，來得很快，他耗費許多力氣苦撐卻依舊不敵。在最後即將睡著的那一刻，他好像聽到前妻說，兒子王聖任並沒有死，依然活在這個世界上。

這一覺，王勝邦睡得很沉，感覺非常久。在他的記憶中不曾有過這麼沉穩的睡眠，就連以前連續一週的教師會議結束後，身心俱疲的情況下也沒有睡得這麼熟。王勝邦是在司機拍了拍肩膀後才醒的，司機告訴他：「台北到了，該醒了。」

王勝邦在客運車站楞了很久，才推測自己是買錯票上錯車，以至於沒有抵達高雄。半小時後他離開車站，前往以前的住處。

這個房子是當初結婚時與前妻黃淑華一起購買的，三年前兒子過世，兩人離婚，王勝邦將賣掉房子的錢均分，各自過生活。他熟悉黃淑華，知道兩人都很念舊，心想既然黃淑華選在附近租屋，自己也就積極爭取下鄉教育計畫，走避高雄。

兩年來，王勝邦頭一回重返住家，他在公寓下站了一段時間才離開。前妻黃淑華租的房子，離以前住處不遠，步行就能到，王勝邦雖不曾拜訪卻知道正確位置。

王勝邦永遠不會忘記黃淑華家的大門拉開時，兒子王聖任與前妻黃淑華站在一起的畫面，即便很久之後，王勝邦的記憶逐漸混亂模糊，他依然清晰記得；而且，王勝邦也記得，大雨是從那個時候開始下的，在大雨聲傳進耳中的那一刻，他突然打了一個哆嗦。

黃淑華與王聖任生活的房子井然有序，舒適安定，屋內充滿烘焙餅乾的味道。長方形屋內除了兩面白牆，第三面的入口大門掛有許多可愛玩偶，門上也到處貼著卡通人物的貼紙；而第四面則是正打著雨的景觀玻璃窗。王聖任告訴他的父親，他今年八歲，剛念國小二年級。

這天雨下得非常大，窗戶看出去白茫茫一片。王勝邦留下來過一夜。當晚王聖任溜上床跟父親撒嬌，他摟著他聽他說以前的事。

他問王勝邦還記不記得，在他六歲時全家去平溪放天燈，那一天，平溪單日湧進十五萬人次，自己趁亂抓了其他小朋友的手給王勝邦牽。王勝邦是等擠出人群，走到商店街，才發現手中牽的並非兒子。而王聖任則頑皮躲在幾台新聞轉播車中間，等到天黑，不見父母來找他，才焦急大哭。

王聖任換了姿勢，窩進父親胸口，問他記不記得隔年全家去九份住民宿的事。那天晚上在九份山上，原本計畫洗過澡後，全家在半山腰的民宿門口吹夜風乘涼。王聖任卻趁父母洗澡，獨自偷溜進民宿後正挖一半的墳墓裡。當所有人發現王聖任時，他兩眼緊閉、雙手抱胸，木乃伊的姿勢般直挺挺躺在肩膀寬度的土穴中。

兒子說的這些事，王勝邦都記得，只是這些記憶如今回想，總讓他覺得當時一家三口並非住在台北，而是遠從外縣市來台北旅遊的感覺。

當這樣的念頭浮現時，王勝邦發現，台北對他而言感覺像陌生的地方。

他問王聖任：「那時我們是住台北嗎？」

「當然啊，我們從沒離開過。」兒子回答。

很久之後，王勝邦回想與兒子王聖任重逢的那個夜晚，才發現自己確實在那晚以後，徹底忘記關於平溪天燈、九份民宿的事，無論自己如何努力，都沒辦法想起。而許多關於一家三個人的種種往事，也在那晚之後逐漸失憶，王勝邦注意到，只要兒子主動向自己提及的回憶，聊過後便永遠忘記，彷彿兒子拿起板擦，將寫在黑板上的點點滴滴抹除。

王勝邦不能確定一切是從那一夜開始扭曲變形的，他唯一可以確知的是，自己原本已經剝落不連貫的記憶，從此變得更加破碎零散。

隔天早晨雨勢依舊。

前妻黃淑華爲王勝邦煎了兩片培根、兩根小熱狗、兩片裹了蛋汁的土司，以及三片手工餅乾。這是過去他最喜歡的早餐，但因爲製作麻煩，離婚後不曾自己動手做過。

王聖任的早餐是燕麥片加切片水蜜桃，這也是兒子最喜歡的，要是王勝邦沒記錯，以前他還會在麥片粥中加一匙杏桃果醬，如果在冬天，泡燕麥用的是熱牛奶，杏桃醬加進去時的香氣能讓王勝邦到第一堂課上課時，鼻腔還聞得到那股甜味。

王勝邦認爲這就是他心中幸福家庭的模樣。

那天整日，他一直回想，若是三年前自己沒有誤以爲兒子車禍死亡，前妻黃淑華是否還會在自己身邊？

他看著兒子專心打電視遊戲器的後腦杓，內心浮現一絲微小的疑惑，只是這個微小的疑惑馬上被他抹除了。他想起當初自己親手放進兒子棺木裡，那隻小熊玩偶的臉；還有摺成元寶形狀，塞滿兒子身邊的冥紙輕輕刮過手背的感覺。

王勝邦趕緊起身，坐到王聖任身邊，將手掌貼上兒子的腦袋瓜。

「爸，你要玩看看嗎？」

他回答兒子：「你們世界的東西，爸爸不懂。」

他能察覺王聖任的後頸，比起兩年前更厚實，皮膚已經出現男孩冒汗時特有的滑膩感。

王勝邦開始在腦海中，一筆一畫慢慢修改自己對王聖任的記憶，這兩天他太幸福也太興奮，已經無暇顧及那個擠在棺材裡的王聖任。

13

這場雨在王勝邦回台北的第三天下得更劇烈了。

電視新聞提醒民眾，非必要切勿外出。雨勢範圍在短短七十二小時內擴大至全台，北到南的許多地點陸續傳來災情，道路塌陷、橋梁沖斷，到處都無法通行。王勝邦打電話問了機場、鐵路、高速鐵路、客運，全都是無法營運的狀態，大家的回覆都是明天看雨勢情形才能決定。

晚餐過後，前妻黃淑華煮了一壺枸杞菊花露陪王勝邦聊天。她主動告訴她的丈夫，這兩年跟兒子在這裡過得很好。

或許是因爲對三年前，黃淑華失去神智與行爲能力的印象太深刻，王勝邦一開始還不太適應她侃侃而談的樣子。加上窗外連日暴雨，兩人閒談的過程，讓他好幾次覺得這一切並不眞實。

黃淑華從客廳的電視壁櫃抽屜中，翻出相簿。裡頭記錄了王聖任參加學校運動會接力賽跑的身影、教學參觀時他直挺挺坐在教室裡的樣子，還有他穿著長度接近膝蓋的泳褲在沙灘上用手擋陽光，睜不開眼的模樣。

王勝邦接過相簿，前後快速翻幾頁，全都是王聖任的照片。

「你自己都沒拍？」

「我幫他拍呢。可惜這幾年太潮濕，好多以前的照片都壞了。」黃淑華回答。

王勝邦告訴前妻，這兩年他在高雄的教書生活，但爲了配合第二波的下鄉教育計畫，現在改到南投任教。他們聊到深夜才結束。他上床時發現兒子熟睡的側臉很像數十年前，自己還是小學生時所熱愛的一個卡通人物。那個卡通英雄總是只穿件披風，舉高匕首，站在海豚背上發光，然後隨著音樂浮升到半空中。

王聖任似乎明白父母已經離婚，王勝邦隨時都可能離開這個家。他接連好幾個深夜爬上王勝邦的床，用自己的體溫溫熱父親對自己的疼愛，希望能留住父親。

他總在熄燈後告訴王勝邦，班級女導師會因夏風從沒關的前門吹來，擔憂頭髮凌亂而激烈發出怪叫，班上每個人無不掩嘴竊笑；或是媽媽曾在柳丁吃一半，整間房子都是發酵酒味才察覺水果壞掉，母子兩人爲這件事足足笑了好幾天；或是他將一盒巧克力藏在屋內的某個角落，頑皮地要王勝邦隔天按提示尋找，然後仰起頭朝王勝邦露出滿足笑容。

王聖任跟他的母親只用了五天的時間，就將三年來王勝邦原已褪色剝落的記憶，全部漆上動人的色彩。他想起非常多關於前妻與兒子的往事，雖然這些往事並不能被永遠記住，但王勝邦心裡非常高興。

第六天凌晨，王勝邦爬進了黃淑華的棉被中。當王勝邦進入他前妻體內的那一刻，他激動地哭了，他記不得自己這段時間有多麼思念黃淑華，只用行動讓她知道，他依舊願意把自己交付給她。

黃淑華要王勝邦知道一件事：雨停後，無論是否留下，她都會尊重他的決定，在心中祝福他幸福快樂。王勝邦彷彿又看到了十多年前剛認識的黃淑華，那個年輕體貼、善解人意的女孩。王勝邦想起自己當初堅持娶她的原因。

回到台北第十天的子夜，王勝邦從床上醒來，那時他已經恢復過去的習慣，與前妻黃淑華同睡一張床。他發現自己意識清楚，毫無睡意。躺在他身邊的黃淑華讓窗外照進的月光映得全身發亮，王勝邦細看前妻的五官，時間沒在她臉上留下甚麼痕跡，她似乎沒有變老，甚至更年輕了一些。

他看著黃淑華跳動的眼皮，在心中默數數字。

當他數到一百九十二的時候，月光像磁鐵一般，將前妻黃淑華緩緩吸離床鋪。王勝邦在很久之後才想起，童年似乎也看過相同的情況，只是那個人再也沒回到地面，而黃淑華在屋子一半的高度，又緩緩回到床上。

十幾天過去，大雨完全沒有停止或減緩的趨勢。這些雨水像是夾帶大量新的、杜撰的記憶，不斷湧進王勝邦一家三口居住的城市。

潮濕水氣從窗縫滲入，像滲進王勝邦的腦子，一點一滴擠掉原有的許多記憶。他發現自己逐漸弄混某些事，先是忘了隨手擺放東西的位置，再來是忘記下一句要說的話。

星期六早上，黃淑華從市場買回鳳梨，王勝邦告訴她，兒子最怕鳳梨咬舌，從小不吃，即使沾鹽巴他還是怕。這些話在午飯後變成王勝邦心中一連串的疑問，王聖任不僅主動開冰箱吃鳳梨，還像個行家評論起來。

此外，王勝邦還記得兩天前，他為王聖任買回三本故事書，被黃淑華取笑忘了兒子喜歡二手書，而非新書；而且黃淑華與王聖任還笑他弄錯了王聖任的年紀，買了不是國小二年級學童適合讀的書籍。

每次黃淑華或王聖任提醒他，他腦中總會先閃過一絲困惑，然後再用其他念頭很快抹除這些疑慮。

那幾天，很多王勝邦原本確信不疑的事，都不再維持原有的樣貌。雖然他明白妻兒不可能騙他，但似乎每件事情，聽進王勝邦耳裡，都有些不太對勁；而從他口中說出來的事，也開始有些扭曲。

像是他會在跟黃淑華提到郭韋瑄的時候，說那是他幻想出來兼具品德與仁慈的完美女孩，而梁育廷則是智慧學問的想像。王勝邦跟黃淑華強調，如果世界上有人能擁有像孫宏軍那般強大的力量，所有歪斜的事物都將被扶正；而吳子淳讓人永遠難忘的笑容只能在夢裡看見。

這時候的王勝邦，已經不太記得覆鼎金的事，他向黃淑華說：「都是遙遠某處發生過的事，連我自己都只能在夢中偶爾想想。」

每次說完，王勝邦還會補一句：「很多時候，真實或虛構不那麼容易界定。」

一天午後，王聖任聽到父親王勝邦房中傳出奇怪聲音。他從門縫看幾分鐘，發現父親將剪刀靠在桌上，像鍘子一樣剪頭髮。

王勝邦先從自己耳上剪下一撮頭髮，放到桌面上像鍘死囚犯的剪刀口下，緩慢剪斷。頭髮剪斷的聲音，透過木桌變得清脆響亮。

當晚，王聖任寫完作業後問他的父親，爲甚麼下午一個人在房間剪頭髮。王勝邦告訴他，在生下他以前，黃淑華與自己爲了簡省生活開支，每兩週總是互相剪髮。若是前一天兩人起爭執，或是王勝邦惹黃淑華生氣，隔日剪髮總會被懲罰。王勝邦指著眉心向上十公分的位置說，這裡曾經被剪禿，一個多月才長齊。

王聖任聽完大笑，吵著想看。父子兩人打鬧的聲音，跟窗外大雨敲在萬物上的聲音，聽在王勝邦耳中是幸福與甜蜜。只是，這一長串的說法全是王勝邦的謊言，他並未向王聖任說實話。

事實上，王勝邦會剪頭髮是因爲他發現自己已經不太能從鏡子裡認出自己。他以爲剪掉一些頭髮，或許能記起從前的樣子。但他失敗了。他剪去兩耳上端的頭髮、劉海，以及左半邊頂上的頭髮，詳端鏡子許久，只覺得自己更陌生。

那時，大雨已經下了一個月又十一天。這種看出去白茫茫一片的雨勢，很容易把人弄瘋，只要連續下上一週，通常那個地區總會出一兩個瘋子。之所以會這樣，是因爲人們原本所認知的時間，在大雨連續的情況下很容易被扭曲、重疊。

對王勝邦而言也是如此，從他回到台北那天算起，他在黃淑華家中足足住了一個月又十一天，大雨從那天開始下，時間正好與住在黃淑華家的時間重疊。

每天早晨與前妻、兒子共進早餐，是王勝邦最喜歡的時光，他不只一次在心中幻想，若能調慢時間，讓他慢慢感受這段幸福，那該有多好。當時王勝邦已經不記得，之所以對這段早餐時光特別有感觸，是因爲從前必須每天一早到學校，久而久之，全家共進早餐的幸福畫面逐漸在心中形成缺憾。黃淑華也一樣，教職讓兩人連打掃家裡的時間都沒有。

週二傍晚，王勝邦將陸陸續續整理一個多月，才完全清空的行李袋拿去洗。當他將袋子內最後一件牛仔褲放進衣櫃時，他發現自己竟沒辦法正確想起手上牛仔褲購買的地點、時間。

王勝邦忘記身上現在穿的橘色短衫是在高雄前鎮區那排老商家，向一位年過九十歲的太婆買的；而下半身所穿，那件之前到高雄第一天買來當睡褲的灰棉居家長褲，王勝邦自然也不記得是在之前任教覆鼎金那所國小旁的運動用品店買的。

一直在晚餐結束前，王勝邦都沒說甚麼話，腦中不斷努力思索自己是不是持續遺忘了甚麼。王勝邦發現，除了眼前每次夾菜到王聖任碗中，就朝自己微笑一次的黃淑華，以及個頭依舊嬌小的兒子王聖任，他似乎沒辦法清晰記起其他事情。

一個禮拜後的週日上午，黃淑華整理書桌時，順口問他貼在桌前牆上那張畫還留不留。王勝邦拿起受潮蜷曲的畫紙，完全想不起畫中的人物是誰，他詳看許久後問：

「這是我的東西？」

那是一張國小學生的八開圖畫紙作品，用蠟筆畫出五個孩子與一位大人一起站在山丘上眺望遠方。繪畫中的環境有些特殊，人物身後是灰色日式石燈，像庭園造景，也像墓園。繪畫的技巧並不高明，甚至很拙劣，但卻能看得出畫畫的人在創作過程中很珍惜這個作品。

王勝邦因爲想不起幅畫這是自己的東西，便任憑黃淑華處理。他此時已經完全忘記關於調職、覆鼎金的任何事情。與前妻、兒子一起生活的甜蜜占據了他所有的心思，他不僅沉醉在重拾往日的美好之中，他也告訴自己要努力維繫這樣的幸福。

對現在的王勝邦來說，這才是正軌，才是他所要的生活。

14

一直要到很久之後，王勝邦才知道自己那時候的神智已經隨著大雨逐漸模糊、混亂。雨足足下了兩個月又十六天，幾乎所有的東西都發霉了。黃淑華在雨停的隔日，買回來刮刀、大型垃圾袋、手套口罩與新的打掃工具。她用刮刀刮除沿著鋁窗框蔓生的青苔與金屬鏽垢。

王勝邦與兒子也加入清理的行列，只是他們發現，幾分鐘前才刮除的苔垢，沒多久又長出薄薄一層。

那只已經清洗乾淨的行李袋，一直放在窗邊，拉鍊打開，袋裡竟長出一株大約十五公分高的蕨類植物，與兩朵白頂紅莖的蕈類。大雨的潮濕也讓玄關至餐廳的那片白牆，整面爬滿絨一般的短蘚，有些比較靠近日光燈，甚至還開出滿天星般大小的白色點狀小花。

好幾個晚上，王勝邦洗完澡光腳站在客廳地板上，總有一種踏進積水的濕潤感，他認為是房子太過潮濕的緣故；有一次，他甚至覺得那樣的積水已經淹到腳踝以上，他緊張地踩踏瓷磚地面，想藉由腳掌踏擊地磚的聲音，驅趕家中客廳積水的錯覺，只是王勝邦耳中卻眞眞實實聽到踩水聲。

王勝邦好幾次牽起王聖任與黃淑華的雙手把玩，卻是為了查看兩人的手指，是不是跟他一樣在指縫間長出綠霉。這些沿著十指指甲周圍長一圈的霉，完全無法清除，王勝邦曾用足以將皮膚燙紅的熱水澆淋，也毫無改善。

在王勝邦的認知中，霉不僅會傳染，傳播速度還很快，因此當他發現前妻與兒子的指頭上也有霉的時候，他並不驚訝。而且，跟自已的霉一樣，他們的霉在完全黑暗的地方也會發出幽幽綠光。從那時候開始，王勝邦認為晚上熄燈後，屋內走動的便不再是人，而是三十隻半空飛舞的螢火蟲。

過去王勝邦曾聽過一種說法：螢火蟲是由認識的亡者靈魂所變成，他們會停在活人的指尖上，跟著還在世的人一起生活，每個亡魂停在一根指頭上，當十根手指的指甲被亡靈占滿後，那個人會因為負荷不了重量而被拉向死亡。

他將這樣的說法講給兒子聽，他聽了之後只是聳聳肩，好像這是一件大家都再熟悉不過的事，並不值得稀奇。

雨停之後的第五天，王勝邦發現住家旁邊出現一個面積不大的水窟，在兩個紅綠燈外的位置，大約有半個籃球場的大小。他推測是大雨兩個多月來的沖刷，地基被掏空而造成的塌陷。

每天早上起床，王勝邦會在窗邊一邊看著水窟，一邊刷牙。由於水窟正好壓在雙向四線道的十字路口上，車輛來到這裡必須繞過水窟才能走，遠遠看去就像圓環一樣。有一次，王聖任跟著他父親一起遠眺這個水窟，發現看了二十多分鐘，卻有一輛紅色的家用車一直繞著水窟打轉，少說轉了一百多圈，就是不離開。這輛車在王勝邦父子離開窗邊時，依舊用大約只有三十的時速繞行水窟。

「爸，他迷路了嗎？還是跟我們一樣離不開這裡？」

王聖任問完後，模仿紅色車子繞行沙發，一圈又一圈。

平均三至四日，水窟旁就會出現一輛像那輛紅色轎車一樣持續繞行、不願離去的車子。王勝邦覺得，這個占據十字路口的水窟就像巨型磁鐵，將車輛從不知名的地方吸引過去，並讓他們像衛星那般繞著自己轉圈。

到了第二週，水窟依舊不見政府單位派人維修，彷彿是要附近居民接受這個大洞。一天吃晚飯的時候，黃淑華特別提醒王勝邦與王聖任，如果外出一定要格外小心，因爲她又聽到有人失足掉入水窟。

水窟邊堆著大雨沖來的垃圾雜物，有如小山。這些雜物多半是大型家具，但因爲沾覆泥巴，回收再使用的可能性很低。王勝邦常盯著這堆雜物出神。有一次，他發現斜插在泥堆中斷缺一扇門片的衣櫃上，停了一隻大型白鳥。鳥的樣子有點像印象中的白鷺鷥，卻又更粗壯些。

王勝邦確信這隻白鳥是提前來探勘這個水窟的，因爲幾天後的早晨，當他刷著牙看窗外，發現不僅水窟旁的衣櫃停滿了這種白鳥，整座雜物小山上也密密麻麻布滿一模一樣的鳥類，這些白鳥幾乎將水窟邊的事物覆蓋，遠遠看去就像發霉的白色斑點。

黃淑華宣布懷孕的那天晚上，王勝邦從住家附近的麵包店買回蛋糕慶祝。他告訴前妻，下個月開始，他想主動向茶店、咖啡店推銷家裡烘焙的手工餅乾，以增加收入。手工餅乾是黃淑華這幾年的主要經濟來源。由於房子是租的，無法購置龐大的家電，因此一開始她用存款買了六台家庭烤箱，後來是因爲餅乾的訂單越來越多，烤箱的數量才擴增爲現在的十八台。王勝邦記得剛回家時，確實對整面的烤箱牆感到驚訝。

黃淑華的手工餅乾都是小動物圖案，她堅持不用模具，因此每隻兔子、河馬、貓，都是她一個一個慢慢捏成的。王勝邦頭幾次幫前妻準備餅乾材料時，因爲抓不準麵粉與水的比例，以致麵糊捏好後經常變形，那幾批動物餅乾都有液體流動的痕跡，每片看起來都像在哭。

其中一隻獅子尤其嚴重，不僅臉部糊成一團，原先應該四射的鬃毛也頹軟沮喪。王勝邦、黃淑華、王聖任一家三口後來花了快一週的時間，才將這批哭泣的動物餅吃掉三分之二，剩下的三分之一因爲當時連續大雨，全部潮濕發霉，只能丟棄。

王勝邦曾在前妻確知懷孕後的前兩個晚上，躺在床上思索，家庭手工餅乾的收入是否能維持家計。

第一個晚上他在「除此之外，我們還能做甚麼？」的感嘆中沉沉睡去；第二個晚上，他則是覺得前妻與兒子能靠這些哭泣的動物維生，自己或許也行。

從此之後，王勝邦每天吃過午飯，便將上午包裝好的餅乾拿去郵寄，郵寄的對象除了個別訂購的一般客戶，也有一次固定購買上百片的餐廳或咖啡店客戶。這些餅乾通常是前一晚製作放涼，隔日再包裝寄出。每週六日固定公休不出貨，生活算是非常穩定，每個月的收入不多不少，往往正好是該月的開銷。

大約經過一個月，王勝邦與黃淑華的餅乾事業已經能清楚分工，他負責訂單、郵寄、帳務等行政工作；前妻則負責製作。當她懷孕進入第五個月的時候，體型造成行動不便，王勝邦將廚房的烤箱壁櫃移到客廳，空出料理台前的空間，以便黃淑華作業。同時，他也開始學習烘焙餅乾，以減輕前妻的負擔。

王勝邦與黃淑華的第二胎很順利地誕生，是一個擁有端正小圓臉，懸著精緻下巴的漂亮女孩。

王勝邦記得那天傍晚黃淑華開始陣痛，他們抵達醫院後，黃淑華才被推進產房大約半個鐘頭，他便被通知可以探視產婦。這與王聖任生產的情況完全不同，在王勝邦的記憶中，當年黃淑華在產床上躺了兩天又九個小時才生下兒子，過程簡直折磨。

女兒的五官像瓷娃娃，幾天後他陪黃淑華出院搭計程車回家，在車上，她全程躺在他懷裡朝著他笑。

王勝邦覺得女兒的笑容很特別，能讓人心靈平靜。他告訴黃淑華那樣的笑容以前只能在夢中見到。女兒的名字很快確定了，是王勝邦取的，叫王薇玄。黃淑華沒有意見，那時她正把水果香味的痱子粉拍在女孩光滑的屁股上。

王薇玄不太哭，讓人特別喜歡抱她、跟她玩。

四月的一個週二，王勝邦中午去郵局寄送當日的餅乾。排在他前面的幾組客人不知甚麼原因起爭執，兩三人不僅互相叫罵，甚至扔擲郵件，王勝邦抱在懷中的手工餅乾被搶去扔在地上。那些繫有蕾絲緞帶的包裝盒，全部凹陷毀損。王勝邦現場將餅乾一盒一盒拆開檢查，發現全數撞碎，沒有一隻動物是完好的。

回到家中時，王勝邦的心情非常沮喪，雖然黃淑華安慰他餅乾再做就有，但許久之後他回想，自己的情緒確實是等看見王薇玄的笑容才轉好。對王勝邦來說，只要靠近女兒王薇玄，看她的眼睛彎成半月形露出微笑，所有不愉快的事都能忘記。

黃淑華也發現自己的女兒是奇特的。

有一次王聖任因爲挑食被母親黃淑華責備，他哭得滿臉淚水，無法喘氣。黃淑華看他跑進妹妹王薇玄房間，幾分鐘後竟笑著來向自己道歉，並承諾不再挑嘴。

還有一個下午，黃淑華因爲好奇王聖任與王薇玄兄妹獨處的情況，滿手麵糊溜去臥房偷看，才發現剛學會簡單發音的王薇玄竟對著躺在床上熟睡的哥哥唱歌。王聖任似乎是被妹妹的歌聲哄睡的。

黃淑華告訴王勝邦，女兒經常望著半空，像在思索甚麼；若是此時發現有人看她，她會立刻朝人露出任誰也無法抗拒的甜美笑容。

這個習慣，後來王勝邦發現不只在王薇玄身上發生，連三兒子王裕汀、四兒子王鴻俊、五兒子王智村也都會經常出現這種望向半空出神的情況。彷彿這是種遺傳，或某種限定家族的傳染病。

15

王薇玄出生的隔年，黃淑華懷了第三胎。

當時她與王勝邦依舊維持離婚狀態，卻也很自然地要兒子、女兒叫他們爸爸、媽媽。王勝邦記得在醫院看見護士抱來第三個孩子時，自己的嘴角不自覺上揚。

第三個兒子模樣清秀，圓臉得漂亮，剛哭過的紅嘴唇露出像在思考般的微笑。當時，王勝邦覺得這個兒子長大後，如果戴上眼鏡一定更好看，尤其那種細邊黑色金屬的圓框眼鏡。三兒子取名王裕汀，跟二女兒一樣，幾乎是王勝邦直覺想到的名字。

王裕汀出生後沒多久，全家的重心都在他身上，王薇玄正好週歲，已經會與王聖任玩耍，因此，做大哥的王聖任便經常作弄妹妹來吸引父母注意。有一次深夜，王聖任趁所有人熟睡，拿不知何處弄來的碳粉，將王薇玄全身塗黑。當時王薇玄已經清醒，卻不曾大叫。後來黃淑華半夜醒來，發現女兒消失在黑夜中，連忙搖醒王勝邦後，兩人才在凌晨三點、四周一片漆黑的床上看見女兒兩球骨碌轉動的黑眼珠。

還有一次，王聖任連續三個禮拜趁王薇玄與王裕汀午睡時，拿水彩筆沾水塗抹他們的腳底板，老二、老三兩人因此持續尿床幾週。黃淑華那陣子非常困惑，甚至與王勝邦討論要帶他們看醫師。最後，是因爲發現兩人腳邊的棉被潮濕，才知道從頭到尾都是王聖任的惡作劇。

王裕汀非常聰明，這不是一般父母寵愛孩子幻想式的自豪，而是眞實發生了一些事，證明他的確比其他孩子聰明。

王裕汀在兩歲的時候，就能清楚記住每件物品擺放的位置。有一次黃淑華將無線電話的話筒，擱在電視與壁櫃的細縫中，到了下午，她完全忘記這件事，沒辦法打電話訂購製作餅乾的材料，這個時候，電視旁邊傳來王裕汀的哭鬧，她過去查看，竟因此找到話筒。原本哭鬧的王裕汀也立刻停止吵鬧，笑嘻嘻看著黃淑華，彷彿他是爲了告訴母親話筒的位置而故意哭鬧的。

王裕汀過人的記憶力，在他四歲那年，被王勝邦與黃淑華用一個實驗更加確定了。那個週六晚上，夫妻兩人將十六種圖案畫在一百九十二張白色紙卡上，全部整齊攤開排列地上。他們要王裕汀看五分鐘後記住。王裕汀只看了一分半鐘，就轉頭玩玩具。五分鐘後王勝邦將全部紙卡翻面，背面朝上，要王裕汀依黃淑華的指示，找出相同的圖案。

這個記憶遊戲在二十分鐘後結束，王裕汀沒有記錯任何一張紙卡。王勝邦在電視上得知，這種記憶測驗對一般人而言，只要超過六種圖案、紙卡總數超過二十五張，便相當困難。

所以，後來當黃淑華提議再測驗一次時，王勝邦阻止了。

「懷疑或測試這種神賜的天賦，會遭到天譴的。」他這樣告訴她。

只是王裕汀彷彿大海容量的記憶能力，讓王勝邦忍不住好奇，在他升上國小二年級那年，又對他做了另一個測驗。

那天他隨手從家裡的二手書中抽出一本，要王裕汀默背。一個半小時之後，王勝邦確認自己的三兒子，是他這輩子見過最聰明的小孩；而自己的第四個兒子王鴻俊，則是他見過力量最大的小孩。

第四個兒子在黃淑華生下王裕汀的隔年誕生。擁有一對內雙眼皮的小眼睛，看起來有些調皮。王勝邦記得第一次看到第四個兒子時，他問前妻，新生兒的單眼皮是不是暫時的。

他忘記黃淑華怎麼回答他，或是否有回答他，不過他卻記得，下一秒鐘這個強壯的男嬰差點從他懷裡掙脫。這是王勝邦第一次察覺兒子驚人的力氣，那時他還懷疑是不是自己手軟，一時沒抱穩。

一年後，黃淑華生第五個兒子的時候，醫院同一批育嬰護士告訴王勝邦，第四個兒子王鴻俊一出生就是個大力士，力量大得驚人，他睡眠中的翻動，能輕易扯裂綁在嬰兒身上的布繩；揮動手臂碰撞過的床板與床緣護欄，都出現輕微凹陷。

剛開始，育嬰室沒人相信這些損壞是王鴻俊造成的，但換過幾次新品後，大家非常肯定這個男孩確實與眾不同。幾個照顧過王鴻俊的護士，當時並沒有立刻跟王勝邦說，他們認爲這種事說了沒幾個人會相信，弄不好還會被誤會是醫院敲詐，因此拖了一年才告訴王勝邦。

其實不用護士說，當王勝邦與黃淑華將兒子接回家後，馬上就發現他的奇特。他在幾天內，將過去王薇玄、王裕汀都睡過的二手木製嬰兒床捶壞，王勝邦被迫只好找來一個大紙箱，在裡頭墊上厚厚棉被，暫時將第四個兒子放在地上養。

「這樣好像養小狗。」王聖任經常一邊吃東西，一邊趴在紙箱邊上看弟弟。

有一次王聖任趁黃淑華在廚房忙，將已經兩歲的王薇玄、一歲的王裕汀全放進紙箱內，沒想到年紀最小的弟弟竟雙臂朝上一推，將二姊、三哥推出紙箱外。王勝邦算過，五個月下來，王鴻俊捏裂十一個塑膠奶瓶，撕開過二十七個紙箱。

王勝邦認爲第四個兒子將來會有大鳥展翅的神力，所以用「鴻」這個字來命名，只是他想到這樣的人，多半相貌凶惡駭人，因此又加了「俊」字，成爲王鴻俊。

王鴻俊小時候並不知道自己力大無窮，是後來到了開始念國小，在學校與其他同學接觸，他才發現自己的力量驚人。一年級剛開學的第一個月，他因爲同學偷了他的文具，而跟對方起爭執。當時全班親眼看見王鴻俊用手推開作勢要揮拳的那位同學，下一秒只見那個同學向後跌飛，摔在地上，距離足足有五張桌子之遠。

半小時後，那位學生的父母到校接他就醫，當天下午，他們回學校向老師敘述病情：左肩脫臼，整個上臂的骨關節與肩膀完全分開。

這對父母對王鴻俊的力氣感到不可思議。雖然他的手臂順利接回，經檢查也無大礙，但半個月後那個學生還是轉學了。

黃淑華認爲只要王鴻俊能懂得控制力量，自然能免除不少問題。於是在他八歲那年生日，他們打了一片寫有「輕」字樣的錫片讓他掛手上，許多不知情的人看了，會以爲那個「輕」字是引自「輕如鴻毛」的成語，用來搭配王鴻俊的名字，但事實上並非如此。

很多年後王勝邦回想，五個孩子之中確實是王鴻俊最會惹麻煩，而第五個孩子王智村則最討人喜歡。

王鴻俊出生的隔年，王勝邦四十二歲，那年前妻黃淑華生下第五胎王智村。當時她已經是三十九歲的高齡產婦。

其實，醫院早在她四年前懷王薇玄的時候，便對她提出警告，那樣的年齡很容易產下缺陷嬰兒，或是早產、流產。所幸王薇玄並非黃淑華的頭一胎，她在二十一歲那年生過王聖任，因此嚴格來講，算不上是三十五歲後才生第一胎的危險產婦。

醫院曾在幫黃淑華進行第五胎產檢時問她，有沒有考慮生完結紮。以這四年內，一年一胎的頻率來看，明年若是又懷孕就是四十歲，實在不適合再生產。

黃淑華聽完醫師的建議，接口說：「放心，不會再有了。」彷彿她自己就能控制懷孕的情況。而事後證實，王智村確實是她的最後一胎。

王智村跟他的姊姊哥哥一樣，出生過程很順利，前後只花了接產醫師十多分鐘的時間。王勝邦當時在醫院家屬等候區，才剛把掛在牆上的電視切到自己想看的頻道，剛坐下，護士就跑出產房道賀。

日後黃淑華告訴王勝邦，肯定是生頭一胎王聖任時，把產婦該受的折磨都受盡了，才會後來的四胎都這麼順利。黃淑華跟王勝邦說這些話的時候，他已經不記得當初黃淑華是拖了兩天又九個鐘頭才生下王聖任的，在他記憶裡，王聖任從一開始就存在。

甚至，王勝邦覺得王聖任比自己更早就出現在一切之中。

第五個兒子王智村一出生就有一對漂亮的彎月眉，嬰兒的眉色不深，卻能看見眉型精緻。王勝邦記得王智村的眼睛好像杏桃，又大又圓，與他哥哥王鴻俊剛出生時的內雙眼皮小眼睛正好相反；而且令人印象深刻的是，王智村的眼白極少，雙眼黑黝黝，看起來有點像在微笑。

王智村的笑容非常好看，他從醫院接回家後的第二週，就朝二姊王薇玄露出他第一個微笑。當時黃淑華聽到王薇玄大喊：「媽媽，弟弟在笑。」她原以爲王薇玄指的是王裕汀或王鴻俊，她不認爲一個月不到的嬰兒能露出笑容，直到她親眼看到，才知道那是她所見過最美的笑容。

那個晚上，包括王勝邦、王聖任、王薇玄、王裕汀，還有抱著王鴻俊的黃淑華在內，一共六人全守在嬰兒床邊等王智村笑，因爲他們確信黃淑華描述的那種笑容，是那個年紀獨有的禮物。

他們看著王智村，王智村也張大眼睛看他們，幾個鐘頭過去，他就是不笑，一臉疑惑。王勝邦看在眼裡，覺得這個小兒子是知道大家在等他笑，而故意不笑的。在接近十一點的時候，王勝邦開始不自覺跟著牆上掛鐘的秒針聲響，開始數數。

他從一開始數，當數到一百九十二，他發現王薇玄、王裕汀、王鴻俊三個孩子早已不敵睡意，紛紛倒在王智村的嬰兒床邊睡著；而斜傾著上半身，微彎靠著牆站的王聖任與前妻黃淑華，因爲長時間固定一種姿勢，加上光線昏暗，他們兩人的身形變得透明難以辨認。

王勝邦這時才發現，整間屋子只剩他與王智村兩人還醒著。

他們相望對看，彷彿過了非常非常久。

王勝邦並不記得那天晚上最後是否看到王智村的笑容，但他確信一件事，那就是自己的第五個兒子，能讓任何人打從心裡喜歡他。他也是唯一沒有被大哥王聖任捉弄過的人。

很久之後，王勝邦回想，大兒子王聖任雖然跟這些弟弟妹妹相差將近十歲，但他確實是很疼愛他們，印象中，王聖任很喜歡買學校附近小雜貨店的零嘴給弟弟妹妹吃，尤其那種沾滿紅色醬汁的肉紙，或暗紅色的橄欖，常常讓四個弟妹滿嘴通紅，像電影中剛咬過人的吸血鬼。

16

手工烘焙餅乾的生意一直不錯，日子雖然並不富裕，但卻正好能讓五個孩子吃飽。爲了節省開銷，王勝邦與黃淑華讓孩子們的衣物彼此共穿共用，畢竟除了王聖任，其餘的四個都只相隔一年，體型差異不大。只是，衣物共用一開始確實帶來一些困擾。

在孩子上小學以前，王勝邦常以孩子們的衣著喜好及穿衣習慣來分辨他們：喜歡有領網球衫的是王裕汀；王鴻俊經常將短恤袖口捲至肩膀、絕不穿黑色；而會將上衣紮進褲子裡的是王智村。

因爲孩子們這些穿衣服的習慣，讓王勝邦過去總能遠遠從背影認人，然而，當孩子越來越大，紛紛上小學後，他再也無法靠這個方式正確辨視他們。

王勝邦記得，在王智村成爲一年級新生的頭一週，一天傍晚他從郵局回家，來幫他開門的兒子開了門轉身就跑。王勝邦看到這個兒子高高捲起的袖子，便喊道：

「鴻俊，跑這麼快，來幫爸爸拿這個。」

「我是裕汀啦。」男孩應聲折返。

王勝邦後來回想，那次他確實楞了幾秒。

幾天後，他又將蹲在電視機前，穿著黑色網球衫的王智村喊成王裕汀；而且，那次奇怪的是，當他幾分鐘之後再喊王智村時，轉過頭的竟是王鴻俊。

彷彿在短短幾分鐘內，眼前身穿黑色網球衫的孩子被一連換了兩、三人。

他跟黃淑華討論過這個問題，她的回答是：「那就別用衣服認人，看臉就不會錯。」話雖然這麼說，但黃淑華還是幫王勝邦想了一個方法，她從十元商品店買來紅、黃、綠、藍、黑，五種顏色的橡膠手環，分別讓王薇玄、王裕汀、王鴻俊、王智村與王聖任戴在手腕上。

「其實你買三個就夠了，薇玄是女生，聖任大他們這麼多，我不會搞混的。」王勝邦跟黃淑華說。

「你確定？」他的前妻回答。

王勝邦以爲，從此能憑手環顏色認出自己的孩子，卻沒想到他們也將這些顏色調換。到了後來，甚至孩子站在王勝邦面前，他也沒辦法確定誰是誰。

在他的記憶中，紅就是王薇玄、黃色是王裕汀、綠是王鴻俊、藍的是王智村，而王聖任則是黑色；若王裕汀戴著藍色手環出現，王勝邦第一時間喊出口的人名絕對會是王智村，而不是王裕汀。

這些衣物共用引起的問題，很快變成王勝邦生活上的困擾，而且他也從中發現另一件事。

在王勝邦的五個孩子裡，王薇玄是唯一的女孩子，因此某些衣物必須另外購買。為了幾年後還能穿，王勝邦每次幫王薇玄買裙子或洋裝時，總會刻意挑大一、二號，穿之前讓黃淑華縫短或縫窄，幾年後女孩長大，放掉縫線就能繼續穿。

王薇玄升上國小二年級的春節前夕，王勝邦為她參加下個月班級合唱比賽買了一件深藍色的百褶裙。當時他在店裡比劃很久，將裙子反覆摺來摺去，才掏錢付款。王勝邦估計這條裙子能穿到王薇玄畢業典禮。

當晚黃淑華先從腰部的位置將裙口往內縮，縮小腰圍，用針線縫牢；接著再將裙襬末端往上內摺，縮短長度，縫牢後用熨斗燙平。最後，裙子繫上腰帶，完全看不出是由長改短的。

合唱比賽前一天傍晚四點半左右，黃淑華在廚房喊王薇玄記得再試一試裙子，要是有不合的地方能馬上修改。

王勝邦聽到，愣了一下，他心中遲疑幾秒，女兒每天固定五點才放學回到家，他心想應該是前妻把時間弄錯了。

幾分鐘後，王勝邦看到王薇玄的背影經過餐廳，走進廚房。他放下手邊的工作跟過去，才發現穿百褶裙的人不是王薇玄，而是王聖任。

王勝邦對大兒子穿裙子這件事並不驚訝，真正讓他詫異的是，之前黃淑華縮短百褶裙的縫線並未拆開。換句話說，王聖任能套進那條縮小尺寸的裙子，表示他的身材與王薇玄相同。王薇玄當時八歲，國小二年級，身高一百二十多公分；王聖任也一樣。

黃淑華看著穿上妹妹的裙子的王聖任，笑著說：「你穿大小也剛好。」然後她叮嚀他別調皮，脫的時候千萬小心，別把裙子弄壞。

後來，無論王勝邦如何努力試著回想王聖任是從何時開始不再長大，卻甚麼也記不得。

在他模糊的記憶裡，王薇玄等四人國小畢業後，開始念國中、高中，這個大兒子還是維持八歲、國小二年級的模樣，不曾改變。而四個弟妹也並未因此改變對他的稱謂，即使十多年後，他們陸續成家立業，每次家族聚會帶著自己的丈夫妻子回來時，四個弟弟妹妹依舊會尊敬地對身高只有一百二十多公分、差不多是自己腰部高度的王聖任喊一聲大哥。

當年王勝邦曾有一次問過黃淑華，是不是應該帶王聖任看醫生，他認為可能是發育遲緩或身體某些器官的缺陷。

黃淑華回答他：「他一直是這樣，你問過好幾次啦。」

但王勝邦卻不記得自己曾與前妻討論過這個問題。

日常生活裡，被他弄混的事情越來越多，王勝邦並未察覺，但確實是包括記憶中的事物，也常被他錯記了。

有一天晚上，王勝邦叫來王裕汀，小聲問他是不是有個家喻戶曉的人物，一直喊著不要長大。王勝邦之所以對這個問題感到羞赧，是因為他直覺這個答案大家都知道，自己只是一時記憶模糊。

王裕汀告訴他的父親，那個一直喊著不要長大的是童話故事裡的彼得潘，是個虛構的人物，現實世界中不可能不長大。

王勝邦用將近一個多禮拜的時間思考三兒子的這些話，在王勝邦看來，王裕汀似乎不認為大哥王聖任有甚麼不對勁。王裕汀還跟王勝邦說，故事中的彼得潘因為在人類世界中貪玩，影子被關進臥室，成爲一個沒有影子的人。

王勝邦那陣子不斷在心中反覆這段話，最後竟將王裕汀的話弄顛倒。王勝邦將這則童話故事記成「彼得潘是因爲沒有影子，所以才不會長大」。而且，他對這段記錯的內容深信不疑。

從那天起，這個父親開始注意兒子王聖任是否有影子，只是印象中，王聖任正好都站在陰影下。

夏天最熱的那幾個禮拜，每天晚上包括王勝邦、黃淑華與五個孩子，全都離開房間在客廳打地鋪，共用家中唯一的冷氣。有一晚，王勝邦刻意沒睡，凌晨兩點過後，他起身想查看王聖任，發現綠色的月光照在躺成一排的家人臉上，每個人都像死屍。

王勝邦繞到王聖任身邊，一一抬起他的雙手雙腳，卻發現銀亮的月光穿射大兒子的身體，直接照在地上，他的身體下方一片皎潔光亮，沒有任何陰暗。

那一刻，王勝邦明白一件事，他的大兒子就是蘇格蘭童話裡頭的彼得潘，他不會長大。

王薇玄國小畢業那年，王勝邦帶了全家參加她的畢業典禮。那條深藍色的百褶裙解開縫線後的長度如王勝邦所料，長短剛好。而且這些年，裙子維持得很好，在講台上看起來像新的。

這個畢業典禮與過去有些不同，是由王薇玄與另一位同學一起代表畢業生致答辭。在過去，這件事通常只會由一位畢業生負責，而且是全校成績第一名的那位；之所以王薇玄也能上台，是因爲學校老師認爲她求學期間的日常生活表現，足以作爲同學們的模範。而這也是王勝邦引以爲傲的地方。

那天，他看著女兒在台上發表感言，其實一句話也沒聽進耳裡，因爲王勝邦在想，今年自己已經五十歲，最小的兒子王智村還在念小學二年級，等他國小畢業，念了國中高中，自己也接近六十歲。王勝邦感覺自己跟這些孩子的相處時間很短，不過，他很以這些孩子爲豪。

王勝邦認爲他的每個孩子都非常特別，擁有上天給予的奇特天賦。像是大女兒王薇玄擁有一顆仁慈心腸，從她小學三年級開始，每天晚餐過後，這個女孩總會帶著黃淑華幫她準備的剩飯剩菜，到住家附近的公園餵野貓。

王勝邦曾偷偷跟著去過幾次，她看到女兒站在公園旁邊一塊用來耕種蔬菜的農地上，仰著脖子發出貓叫。幾分鐘後，數量驚人的野貓自四面八方湧來，牠們像很習慣王薇玄的餵飼，全部繞著她打轉。

後來在小兒子王智村開始念小學一年級以後，王薇玄也經常帶他一起去餵貓。她的理由很簡單：「因爲弟弟會說貓話。」

起初王勝邦以爲王薇玄說的「貓話」只是指發出貓叫聲，後來自己偷偷跟去一看才明白，王智村確實能與貓兒溝通。

那一次，王勝邦遠遠站在一片絲瓜棚下，看貓群混亂圍住姊弟兩人，接著王智村朝貓群比手畫腳說些甚麼，那些原本一大群聚攏在一起的貓兒竟迅速分成四小群。因爲距離太遠，王勝邦並未聽到兒子究竟說了甚麼，或發出甚麼聲音，只是接下來，他親眼目睹貓兒們像受人讚美一般，群起紛紛發出愉悅的叫聲。

17

五年級開始，學校要求每位學生必須利用假日到農地或工廠實習體驗，時間最短半年，因此，王薇玄選了在住家附近的鳳梨田幫忙。

與南部的食用鳳梨不同，王勝邦家附近的鳳梨是觀賞用的，葉大身小，能久放不壞，每逢過年過節不少人買回去供在家中的神桌上，一擺就是一個多月。

鳳梨田的老闆很喜歡王薇玄，雖說是學校實習作業，但還是給她一點工資，但更常給她幾顆漂亮的鳳梨。鳳梨放在家裡，通常一天就會讓整個屋子充滿水果甜味，王勝邦好幾次作夢夢到自己在鳳梨園打轉，像是迷路，身前身後都是鳳梨，空氣中全是那種水果的甜膩味道。

他走不出鳳梨迷宮，好像這曾是眞實發生過的人生記憶。

王薇玄畢業的隔年，三兒子王裕汀也從國小畢業。如王勝邦、黃淑華所料，他是以第一名成績畢業的，跟姊姊一樣也站上了講台代表畢業生致答辭。那天黃淑華幫他抓了一個凌亂立體的髮型。出門前，王勝邦端詳了幾分鐘，認爲這個髮型搭配王裕汀的圓臉、短而濃密的眉毛，與鼻梁上的黑金圓框照鏡，實在帥氣。

在王裕汀國小三年級發現近視的時候，王勝邦帶他去配了這副細黑金屬的圓框眼鏡。這是王裕汀自己挑的鏡框，他很驚訝兒子竟然挑中自己心裡所想要爲王裕汀選擇的款式。王裕汀告訴他：「拜託，你是我爸，我會不知道你在想甚麼嗎？」

王裕汀的班級導師曾在他五年級的時候，約王勝邦、黃淑華到學校。當時校長與教務主任也在場。他們提議讓王裕汀參加評量，以他的智商申請越級就讀。他們說上週全校高年級生進行智力測驗，王裕汀的智商高達一百四十，這個數字也是那份評量表的最高分。導師解釋，大多數小學五年級學生的智商平均約爲一百，一百二十以上的學生在他任教期間，還不曾遇過。導師認爲王裕汀的智力應該不僅只一百四十，甚至可能更高。

王勝邦聽到這些話，心裡高興，卻覺得王裕汀的導師不無誇大其詞。王勝邦向來不喜歡教師這個職業，他覺得他們像騙子，有些則是連現實與幻想都分不清的可憐蟲。

那次會談的結論，王勝邦讓兒子自己決定。王裕汀沒有選擇跳級，而是按部就班地繼續念。這個選擇讓教務主任感到驚訝，他問王裕汀：「你知道，你現在已經可以念大學了嗎？不，研究所都不是問題。」

「大學或研究所裡的學問，不見得比國小、國中，或高中來得高明吧。」王裕汀回答他。

像這樣機智的話，經常從王裕汀口中冒出來。王勝邦曾經想試著背下來，卻沒有一次成功，他甚至隨身帶著紙筆想抄寫，因爲他覺得自己這輩子絕不可能講出像那樣充滿智慧的句子。

一個週日下午，王勝邦從二手書報攤抱回兩捆書籍雜誌。這幾年他爲了節省開銷，孩子們的課外讀物，都是買二手的。王勝邦會等他們讀過了，再賣回二手書報攤。

那天晚上吃完飯，王勝邦留意那兩捆書籍的捆繩已經被解開，書疊得整整齊齊，像沒人翻看過，連以前最常第一個到書堆邊的王裕汀，王勝邦這次也沒見他靠過去。

到了睡覺前，王勝邦聽到小兒子王智村在客廳喊四哥王鴻俊，他請他幫忙搬書，因爲三哥王裕汀告訴他，他想看的那個老鼠在農田裡成家、生了一窩小老鼠的故事，在其中一疊二手書的某本童話集裡頭。

原來，早在晚餐前，王裕汀就把王勝邦帶回的兩疊書看過，一共四十多本。當王勝邦問他爲甚麼能這麼快讀完這兩捆二手書，他的第三個兒子王裕汀回答他：「因爲只讀一遍啊。讀第二遍才需要花時間。」

像這樣機智的說話方式，王勝邦後來仔細回想，不曾在其他人身上看到，很多時候他給的答案甚至需要在事後反覆咀嚼，才能明白王裕汀話中眞正的意思。王裕汀在王勝邦眼中，就像每個地方隔一段時間總會出現的智者，這些智者擁有令所有人羡慕的智慧，卻因爲遇不到與自己相同的人而注定孤獨。

然而王裕汀不孤獨，因爲他跟他的四弟王鴻俊感情極好，王勝邦認爲有趣的是，兩人個性完全不同，一個思慮沉穩、一個率直果敢，卻是五個孩子裡交情最深的。

王勝邦的四兒子王鴻俊，在開始念小學後果然如他與他母親黃淑華所料，是個搗蛋的傢伙。他不像其他小孩，喜歡把自己弄得乾乾淨淨的，王鴻俊永遠頂著一頭齊眉的蓬鬆頭髮，兩眼無神，總是露出似笑非笑的表情，好像剛做完甚麼壞事，準備嫁禍給別人的模樣。

王鴻俊四年級農曆年結束的週四，他比其他同學更早到教室參加早自習。他在黑板最左側寫有值日生名字的上方空白處，寫上「下週一因老師出國開會，停課一天」。這一串字在開始上課、老師進教室前被他緊急擦掉。沒想到，眞的有一半的同學信以爲眞，四月一日週一當天，座位空缺一半。

這件事下午便水落石出。老師不僅知道是王鴻俊的惡作劇，更把上午沒來的同學全叫回來上課。王鴻俊當時一臉無辜，辯稱之前老師在課堂上說，現在社會越來越沒有過節的感受，今天是愚人節，他想給大家一點過節氣氛。

還有一次，王鴻俊從住家附近抓了數十隻的螢火蟲，放在學校視聽教室裡。那堂音樂課影片欣賞，播放前燈一熄，全場頓時飛滿了螢綠的光點。音樂老師從沒見過螢火蟲，也沒想過人生第一次看見螢火蟲是在教室內；當這些螢光綠點飛起來的瞬間，她以爲自己中邪眼花，嚇得大聲尖叫，逃出視聽教室。

幾個禮拜後，王薇玄在晚飯餐桌上告訴全家人，那個音樂老師過了幾天還神經兮兮地直說，自己那天在視聽教室看到祖先的亡靈。

其實，王鴻俊的導師一開始並不認爲王鴻俊是螢火蟲事件的始作俑者，主要原因是，王鴻俊的力量太大，不像是會抓螢火蟲的人。

他在每一季大掃除的時候，能一個人抱起排滿書刊的金屬資料櫃，像從市場抱顆西瓜那樣自德四班走到群四班，那是需要上下樓梯、跨越兩棟教學大樓、將近一公里的距離。搬櫃子之前，王鴻俊還問導師，他能不能把書櫃扛在肩上。

學校同學也經常拜託王鴻俊搬這個、開那個，好像沒有甚麼能難倒他。

有一次，一個高年級女生拿著兩個玻璃罐子來找王鴻俊。她是王薇玄的同班同學。王鴻俊仔細看了罐子，知道是要用轉的，但金屬瓶蓋下凹，鎖得很緊。他二姊王薇玄告訴他，應該壓力造成罐子無法打開。

就在王鴻俊左手緊抓罐子、右手握緊瓶蓋，抱入懷中準備轉開時，玻璃罐子被他驚人的力量捏爆了。

玻璃碎屑劃傷了王鴻俊的手掌與胸口，同學們驚呼騷動，連三哥王裕汀都聞聲趕來。其實，王鴻俊對自己的傷勢並不以爲意，他比較驚訝的是，他的三哥王裕汀竟能打開另一個沒破的罐子，這使他更崇拜他的三哥。

當時王鴻俊把血跡洗淨，按著衛生紙看王裕汀拿著一根金屬湯匙，沿著瓶蓋敲，大約十多下後，王裕汀雙手握住瓶身瓶蓋，輕鬆扭開。王鴻俊的同學紛紛發問爲甚麼，王裕汀笑著說：「這個罐子欠扁，弄傷我弟，敲一敲它就乖乖。」

王鴻俊的傷口恢復得很快，沒讓王勝邦與黃淑華擔心。他是五個孩子裡身體狀況最好的，幾乎沒生過病，雖然調皮搗蛋卻也不曾受傷。

很多年之後，王勝邦跟黃淑華回想往事，總一定會聊起這幾個孩子的童年，他們實在特別，跟其他小孩截然不同，包括王薇玄的仁慈心腸、王裕汀的無盡智慧、王鴻俊的驚人力量，以及小兒子王智村令人折服的魅力。

王智村上了小學之後，依舊跟在家裡一樣不太愛說話。王勝邦覺得他這個小兒子似乎比較喜歡跟動物溝通。他曾見他與王薇玄一起餵貓，像是向貓群說些甚麼；也曾看他在黃淑華的請託下，讓餅乾製作台上的螞蟻群不再出現。

王勝邦問黃淑華，有沒有計算過王智村到底會幾種語言，他的前妻說，只有一種。

「最好的溝通方式永遠只有一種。」

王勝邦回答：「嘿，你說話有老三裕汀的感覺。」

許多年之後，王勝邦才弄懂王智村並不是靠言語跟動物或人溝通的，而是靠身上極爲特殊的感染力。

有一年端午節前兩天，黃淑華訂了一批粽葉急著要王勝邦去拿，但商家位置隱密，不容易描述。跟母親去過的王智村，當時甚麼也沒說，用雙眼盯住王勝邦的眼睛，在他父親的腦中播放一遍親自走過的影像。

一直到後來，王勝邦還記得那個感覺，就像看電影，同時，他也因王智村而了解一件事：言語是人們最常用的溝通方式，卻也最容易造成誤解。

幫忙拿粽葉是王勝邦第一次體驗王智村神奇的天賦，後來他才知道，黃淑華與其他孩子都很清楚王智村這個特點，王智村能向旁人精準傳達自己的想法，因此他從小被大家稱讚是個貼心的孩子。

國小畢業的時候，王智村跟他的姊姊、哥哥一樣，也站上講台致答辭。當時王勝邦已經五十四歲，黃淑華和他一起去王智村的畢業典禮時，還得幫他攜帶穩定血糖的隨身口嚼藥丸。

這是王勝邦最後一次參加自己孩子的國小畢業典禮。當天中午，典禮結束時，王智村的哥哥王裕汀與王鴻俊兩人分別向學校借了兩台手推車，才有辦法將全校師生送給王智村的花束搬回家。王勝邦的驚訝與困惑一直持續到回到家中。

兩個禮拜後，他才開口問黃淑華，小兒子王智村在學校的人緣眞有這麼好？

她告訴王勝邦，畢業典禮結束的隔天，校長祕書室打電話來說，學校緊急增設了榮譽校友這樣的獎項，希望王智村能成爲第一任。當時，王勝邦覺得小兒子未來若是從事政治、宗教，這些與人有關的職業，肯定不可限量。

18

黃淑華租的房子只有一個大房間、一個小房間，王勝邦與黃淑華睡小房間，四個孩子平時跟他們的大哥王聖任一起擠大房間，這些房間沒冷氣，因此全家只有夏季最熱的幾天，會一起在客廳打地鋪吹冷氣。他們的生活相當節省。王勝邦有時會想，若是老天給他的孩子不這麼乖巧，而是成天吵著買這個、買那個，他的人生會不會是另一種光景。

生活上，他與黃淑華能省則省，該花就花，每次遇上孩子的生日，一家七口必定上餐廳吃一頓；每年暑假，王勝邦也會與前妻黃淑華帶五個孩子旅遊，他認爲這樣的錢不能省。台灣許多風景名勝他們都去過，包括中部的溪頭、杉林溪、日月潭；南部的墾丁；東部的太魯閣，王勝邦總會安排一個三到四天的行程，在當地價格便宜的旅社住幾晚。

這些旅遊景點，各自有擁護者。王聖任最喜歡鹿港，每次只要計畫到中部，他總會嚷著想去鹿港。這個大兒子能從天后宮前的麵茶，一路吃到龍山寺附近的肉包，將沿路的傳統小吃塞進只有一百二十多公分的小小身體裡。

二女兒王薇玄對食物的興趣不高，她喜歡恆春一帶的風景。王勝邦帶全家去過墾丁兩次，發現女兒總是很早起床，一個人在民宿的陽台吹風看海。王勝邦因爲這樣，問過王薇玄是不是有心事。當時王薇玄才只是國小四年級的學生。

日月潭則是王裕汀的最愛。王裕汀國小三年級的時候，王勝邦帶全家第一次去日月潭，當他聽了關於邵族追捕水鹿來到日月潭定居的傳說後，每年都嚷著再來。王勝邦爲他買過不少原住民的童話書，但他只對邵族感興趣。在王裕汀國小畢業前，他已經向他的兄姊弟們說過超過四百則日月潭神話。

王鴻俊喜歡台灣東部，包括蘇花公路以及蘇澳。王勝邦只帶全家去過一次蘇澳，記憶中那是樸素的漁村，環境很像南方澳，因此他總是無法清楚分辨這兩個漁村的分別。

最小的兒子王智村最喜歡花蓮，特別是自中橫公路東側入口的牌樓開始，一直到天祥、太魯閣的這段路。這段路王智村跟家人去過一次，後來又跟學校畢業旅行去了第二次。在幾個孩子陸續畢業、出社會的那幾年，中橫公路的路況變得越來越差，幾次颱風或地震總會有人罹難，王勝邦每次看到這些新聞，總慶幸自己及早帶家人走過那樣鬼斧神工的風景區。

而前妻黃淑華則喜歡在桐花樹開花的四、五月份，帶一家人前往苗栗散心。對王勝邦來說，苗栗是由許多個安靜純樸的小山城組成的地方。黃淑華告訴王勝邦，每次在以木雕聞名的三義街上慢慢走，看孩子們跑進跑出那些雕品店家，心中感覺非常平靜。

這樣說來，苗栗確實是王勝邦一家人去過最多次的地方。他不記得第幾次去的時候，黃淑華順手買了一隻木雕貓送給王勝邦。木雕貓造型非常簡單，並附贈一包七色顏料與水彩筆。那是雕刻工廠機器大量製作，用來給遊客體驗手作樂趣的小東西，除了貓，還有水鴨、青蛙、牛等動物。

這隻未上色的木貓，後來一直放在王勝邦桌上。許多年後，當這個家開始因為王勝邦與黃淑華漸漸衰老，沒有體力隨時打掃而處處蒙上一層薄灰塵時，這隻木貓是唯一乾淨如新的東西，彷彿剛擺上桌沒多久。

在所有全家人走訪過的地方裡，王勝邦最喜歡高雄，那種喜歡的感覺是熟悉、有如第二個故鄉的程度。他記得第一次帶全家人到高雄玩，是王智村國小一年級的暑假，剛下火車迎面嗅到的溫熱空氣讓他覺得像回到家。

當晚，他們全家住愛河附近的老飯店，那裡位於鹽埕區、靠近高雄港，是高雄開發非常早的地區。王勝邦發現這一區的透天厝都不曾翻新，樓房與樓房之間，到處密布著只有一個成人肩膀寬度的窄巷，整個環境維持在四十多年前、甚至更久以前的模樣，與來往車輛、熱鬧商家形成衝突對比。

王裕汀告訴大家，早在荷蘭時期高雄鹽埕區就有船隻往來捕撈烏魚，後來這個地區更在清康熙年間開闢成鹽田場，因此有了鹽埕這個地名。日治時期，堀江町、入船町、鹽町、榮町、北野町合併設置鹽埕區，此處也成爲高雄重要商政中心。

四十年前這裡一度成爲全高雄人口最多、最繁華的地區，大小市集一個接一個形成，大型飯店也到處可見。來自世界各地的商船在此停泊，帶來台灣早期不曾見過的珍稀舶來品，與各地文化、種族交流。後來高雄的產業東移，鹽埕區的居住人口快速減少，這幾年竟衰退成爲高雄鬧區中人口最少的區域。

王勝邦全家第一次在高雄住的飯店，看得出幾十年前曾是豪華大型飯店。大廳與房間能聞到室內芳香劑的濃烈味道，以及老舊地毯淡淡的霉味。

他們步行到十分鐘之外的鴨肉攤吃晚餐。王薇玄記得，當全家人同時用筷子將鴨肉夾進嘴裡的時候，父親王勝邦哭了。包括黃淑華在內，大家都不知道該怎麼辦才好。幾分鐘之後，王勝邦哽咽說：「這味道好熟悉。」

他並不知道爲甚麼自己想哭，也困惑於那樣的熟悉感覺。接下來在高雄的四天行程中，王勝邦不斷被強烈的熟悉感困擾著，特別是當地的食物，對他而言應該完全陌生，卻不知爲何，像曾在某個被遺忘的時間裡品嘗過。

第二天接近中午，一家人搭車前往蓮池潭參觀。這是高雄知名的湖泊風景區之一，與澄清湖、金獅湖齊名。王勝邦記得，當一家人繞著湖畔走一圈，抵達春秋閣的時候，心中又出現奇怪的熟悉感。他讓王薇玄帶著兄弟們去玩，自己則與黃淑華在潭邊休息。

王勝邦當時已經五十歲，他覺得自己衰老得比想像還快，從鏡子裡，他看見自己耳朵附近的頭髮已經變白；走路的時候，必須經常提醒自己，才不至於垂頭弓背。他發現這幾年變得不愛吃堅果、魷魚這類食物，因爲每次咀嚼，兩頰深處總發出奇怪的喀喀聲，這讓王勝邦想起死人骨頭碰撞的聲音。

此外，王勝邦也發現自己的呼吸聲比以前更響。他常在周遭無人的時候，用雙手掩住口鼻，反覆吐氣，檢查自己是不是已經開始散發腐朽的味道。然而，最讓王勝邦察覺衰老的，莫過於這幾年帶黃淑華與孩子們出遊，他多半只能看著他們往前急奔的背影，自己卻在原地喘不過氣。

王勝邦靠在通往龍虎塔的橋欄杆旁，看王薇玄與王裕汀一邊一手牽著比他們矮半個頭的王聖任，與王鴻俊、王智村跑進虎口。

龍虎塔與春秋閣、五里亭、北極亭同屬於蓮池潭上最早完成的幾個建築，由兩座孿生塔組成，雙塔前各自有著龍與虎的大型塑像，遊客可以從龍口進入，行經塑像內的甬道，再從虎口出。當地人相信龍口進、虎口出，能趨吉避凶帶來吉祥，所以不曾有人逆著走，他們認爲沒有甚麼比入虎口更犯忌觸霉頭。

當五個孩子撥開人群，逆向鑽進虎口的時候，王勝邦在對面欄杆上聽到眾人的驚呼聲。

閘門口工作人員大聲阻止，但並未追進去。幾分鐘後，五個孩子從龍口逆向跑出來。他們的表情像是經歷了一場驚心動魄的闖關遊戲，開心興奮極了。

工作人員找上王勝邦與黃淑華，告訴他們，小孩子在人多的地方逆向奔跑非常危險；他還告訴他們，虎口進、龍口出，最好帶孩子們到旁邊供奉玄天上帝的元帝廟拜一拜比較安心。

這是王勝邦第一次走訪高雄的廟宇，從此之後，他每次到高雄，一定會到不同的廟裡走走。高雄境內，他最喜歡的是金獅湖旁的保安宮。

王勝邦還記得第一次帶全家抵達金獅湖的時候，是附近麵攤的老婦建議他們一定要到保安宮參拜的，老婦說，保安宮是整個三民地區居民的信仰中心，每逢過年過節更是熱鬧得不得了。

王勝邦與全家人按老婦指示，從鼎金後路錯綜複雜的小巷弄鑽出，正好來到金獅湖對面，同時看見坐落在湖中央的保安宮座。

保安宮如麵攤老婦所說，是一間宏偉莊嚴、氣勢非凡的大廟，正前方以保安橋對外聯繫，這種方式在蓮池潭的幾座廟宇也能看見，不過保安橋的長度更長，橋上的石雕更精緻華麗。

王勝邦告訴黃淑華，這條第一次見到的保安橋非常面熟。

前妻黃淑華回答他，因為這座保安橋是直接仿造大陸永定河上的盧溝橋，與趙州孔橋的，所以面熟。

王勝邦雖然沒見過盧溝橋、孔橋，但認為前妻的話很有道理。

只是，當一行人站在金獅湖邊雄偉的保安宮牌樓下，準備通過保安橋時，強烈的熟悉感再次困惑著王勝邦。王鴻俊跟他父親說，自己也有過這樣的經驗。

「一開始會以為是真的，但其實是之前夢裡的場景，很不好分辨哩。」王鴻俊說。父親問兒子該怎麼辦。

「後來我會用手去捏，夢中的東西捏不碎。」
王鴻俊的父親笑了，他告訴他，自己沒有那樣的力量，任何東西都捏不碎的。
「那就表示爸爸你一直在夢裡啊。」

保安宮的規模驚人，是台灣最大廟宇之一。挑高正殿的金雕龍杜彷彿直衝天際，王勝邦仰頭看，差點站不穩往後跌倒。

幾個月之後，王勝邦因爲王裕汀的作業想寫保安宮，因此帶他又來到金獅湖，這是王勝邦第二次參觀這座宮殿一般的宏偉廟宇。保安宮的解說人員告訴他們，一百多年前的保安宮在金獅湖前面的巷弄裡，靠近市場，周邊因爲經常人車壅塞，後來才在湖中央重建。

解說人員仔細介紹正殿安奉的神明爲中壇元帥李哪吒，俗稱三太子；右側供奉天上聖母、註生娘娘；左側則是二郎神君、福德正神。樓上則有太乙眞人、六十太歲眞君、玉皇大帝、三官大帝、南北斗星君。

王裕汀在解說員身後，一邊聽一邊跟著走。休息的時候，王勝邦問兒子需不需要筆記？王裕汀回答不用。

「他們都是天上的星星，抬頭看就有，不用筆記。」

19

全家人都知道，王勝邦很喜歡金獅湖、保安宮，一年至少一次，他會帶黃淑華與五個孩子在附近住幾天，全家一起到保安宮參拜。這樣的路線，在二女兒王薇玄考上高雄大學之後的頭一兩年更加頻繁。王薇玄大學一年級的時候，正值王裕汀準備考大學，那一年裡，全家一共去了兩次高雄，王裕汀都沒缺席，跟著大家一起南下探望二姊。

每次去高雄，王勝邦臉上總掛著笑容，黃淑華說他看起來就像三十多歲的小伙子一樣興奮。

很多年以後，王勝邦想起自己曾告訴黃淑華，如果人有前世今生，他肯定前世是高雄三民區的人。王勝邦覺得自己跟這個地方有種奇特而緊密的關係。

黃淑華聽完，反駁了他說的前世今生。她告訴王勝邦，所有的事情都是這輩子發生的。

王勝邦並不排斥前妻的說法，他一直以來都相信她，或者孩子們所說的每一句話，並堅信不疑。

王薇玄到高雄念農產運銷的之後四年，她的弟弟們也依序考上大學，前往不同的城市念書。王裕汀念的是中文、王鴻俊是觀光旅遊、王智村則是獸醫。王勝邦注意到一件事，每當一個孩子離開他與黃淑華身邊到外縣市念書，住家旁邊那個湖泊似乎就擴大一些。

王勝邦記得第一次發現這件事，是準備帶王裕汀前往新竹學校報到的早上。

他一如往常站在窗前刷牙，留意到自己身體靠著窗框，竟看不到湖泊的邊界。那個在十多年前，因兩個多月的暴雨形成的水窪，這些年已經擴大至湖泊的規模。

王勝邦注意過這個湖泊，是一天一點慢慢變大的，只不過昨天以前，他站在窗戶前看，湖泊一側的邊界還在窗框視線範圍內，而今天卻看不見湖泊的邊界了。

他找來過去經常與他一起看水窟的大兒子王聖任，問他水窟跟昨天相比是否有甚麼不一樣。

「這個湖泊沒甚麼變化，不生不滅，以後也會是這樣。」王聖任告訴他。

王勝邦聽完大兒子說的話，再回去看湖泊，認為王聖任的話很有道理。

當時，王勝邦已經不記得，過去自己曾看著圍繞湖泊打轉的車輛出神，那些像離不開圓環，拚命轉圈的車子，每隔三、四天便會出現一輛，它們一分鐘內可以繞上四、五圈，由此可知，當時的水窟並不像現在這樣巨大；如今，王勝邦必須推開窗、探出身子，才能看見環湖的車輛，而且每輛車行駛超過十分鐘也繞不完一圈，王勝邦發現這些車子距離太遠，他甚至沒辦法看清楚它們的顏色。

隔年輪王鴻俊考上大學，前往台中念書的時候，湖泊變得更大，即使王勝邦從窗戶探出上半身，也已經看不到環湖的道路與車輛了。

王聖任告訴他的父親，這個湖泊一直是這樣，不增不減，將來也是如此。

聽完王聖任的話，王勝邦的疑惑很快消除了。甚至當最小的兒子王智村離開住家前往宜蘭念書的那一年，湖泊已經巨大到在夏季颱風時能掀起大浪的規模，王勝邦依舊篤信兒子王聖任的話：湖泊不生不滅、不增不減。

王智村離家念書的那一年中秋節，是王勝邦、黃淑華與王聖任這麼多年來，頭一次只有三個人在家過節，嚴格來說，這樣的感覺並不陌生，早在十多年前這個家也就只有王勝邦、黃淑華、王聖任三人。

黃淑華在四個外地念書的孩子的座位上擺放餐具。新聞說因爲衛星軌道的關係，入夜後的月亮將是歷史有紀錄以來最大的。那天晚上，王勝邦抱著王聖任，坐在窗前等候巨型月亮。

爲了打發時間，他騙兒子每隔一百九十二年，月亮就會特別靠近地球一次，那個夜裡，一直存在月球上那些看不見的生物，會用跳躍的方式設法移動到地球上來。部分順利到地球上的生物，變成像薄霧一般的東西，人們稱他們爲「虻」，認爲就像蚊蚋一樣，靠著吸食血液過活，體積小，卻成群出現。每天黃昏，虻因爲月亮即將出現而興奮，他們會聚在一起，像沙畫般在空中流動。

部分沒有跳到地球上的生物，就散進地球與月球之間的太空中。王勝邦告訴王聖任，太空電影中，飛行船閃躲在銀河間發亮的碎屑就是那些生物變成的。他們很巨大，爲數眾多，誤闖的飛行船絕對無法全身而退。由於體積龐大，所以這些生物在太空中盡量保持靜止不動，遠遠看去就像一片閃亮的星芒。

王勝邦說到這裡的時候，王聖任打斷他的話說：「爸，才不是咧，那就是老師說的隕石群啊。」

很多年之後，王勝邦一直想不起來他與王聖任最後是否看到巨大月亮，他只記得，自己後來被凌晨的寒氣凍醒，發現兩人不知何時在敞開的窗前睡著了。

隔天，王勝邦連續轉了兩個多小時的電視新聞台，卻不見任何報導。他在下一個月圓的農曆十五日，問王聖任記不記得一個月前，父子兩人在窗前等月亮的事。王聖任翻開國小二年級天文課本告訴他，最近一次的巨型月亮是八十多年前出現的，這種情況非常罕見，月球軌道必須非常靠近地球，才會出現驚人奇景，而下次發生的時間推測是一百年後。

王薇玄、王裕汀、王鴻俊、王智村念大學之後，他們每個人的生活開銷多半各自打工維持，王勝邦與黃淑華的負擔頓時減輕。手工烘焙餅乾的生意也隨著支出減少，而變得沒有以前那麼繁忙。

王勝邦常覺得是這些動物餅乾養活一家大小，這麼多年下來確實產生了深厚的情感，所以，在逐漸閒暇的日常生活裡，他開始用黏土與沙子模仿黃淑華手工捏製的動物餅乾。

王勝邦從簡單的動物開始捏起，但手藝不佳，往往在他腦中想像能捏成小貓或小豬的黏土塊，最終只是形狀歪斜的圓球。王勝邦幻想自己能像黃淑華那樣，用雙手捏出各式各樣的動物，並下定決心進行這件事，他整理了孩子們到外地念書後空出的大臥室，作爲自己捏黏土的工作室。

可能因爲對自己的黏土創作感到羞赧，王勝邦不准任何進入工作室一步。因此，即便兒子王聖任再如何好奇，也只能看他的父親每週搬進超過五公斤的黏土到工作室中，卻不見任何成品。這些搬進去的黏土甚麼顏色都有，而使用最多的，是一種接近雨水的混濁藍色。

捏黏土的興趣開始半年後的某一天下午，黃淑華以爲王勝邦尚未出門去郵局寄貨，她爲了問一件客戶的資料，而闖進她前夫的工作室。

這是黃淑華第一次看見工作室內部。

整個房間，除了靠近門口的地板上堆著幾包黏土原料，其餘地面全立滿一顆一顆像蛋形狀的圓球。這些圓球有大有小，但大約都有半個巴掌大，每個形狀雖然不一樣，但都不光滑，嚴格來說並非正圓形或橢圓形，而是接近圓形的球狀。

黃淑華蹲下身細看，發現一球一球的黏土比較像頭顱，有些甚至中間凹陷，酷似人骨口鼻的洞孔。

王勝邦回來後，黃淑華問他房間裡的那些是甚麼。他告訴她，原本想跟她一樣捏塑動物，但怎麼捏都不像，最後索性搓成一團，稱之爲蛋。想捏貓的，就變成貓蛋；捏狗的就是狗蛋，還有牛蛋、象蛋。王勝邦告訴他前妻，鹿因爲犄角，捏起來比其他動物困難。

「這個鹿蛋我捏了整整三星期喔。」

當時王勝邦已經六十六歲，他吃力地舉高右手，好讓黃淑華看到手掌拿的那顆灰色圓形的鹿蛋。它看起來與其他動物蛋並無不同。

一週後，黃淑華幫王勝邦購買七個一模一樣的多層置物架，擺進工作室讓他放置他的黏土創作。置物架共九層，黃淑華算過，若一個架子能放四百件作品，這個工作室估計，就能堆放三千件黏土作品。

置物架的四周是通透的，因此，在所有動物蛋擺上去之後，視覺上看過去相當驚人，整間工作室密密麻麻，甚麼顏色的蛋都有。有一次，王聖任在房門口只看一眼，就轉身跑開，他說像鄉下地方的亂葬墳墓山坡。

兩年後，王薇玄結婚的時候，王勝邦捏了一個比成人頭顱還大的麒麟蛋當新婚夫妻的賀禮，取麒麟送子的好兆頭。那時王勝邦不只捏塑眞實世界的動物，他也捏虛構想像的動物。王勝邦甚至告訴黃淑華，他的創作隨年齡而有所突破，就連無機物也能捏；因此，後來黃淑華幫他新添購置物架時，會刻意挑選不同於之前的款式，以示區別。

這批新的架子上擺有車蛋、桌蛋、咖啡機蛋，這些非動物的蛋，也只有半個巴掌大，看起來跟之前的動物蛋沒甚麼不同，連念獸醫的王智村也無法分辨。

20

除了王聖任，王勝邦的四個孩子在畢業後陸續結婚。

王鴻俊最早，他二十六歲當領隊帶團到加拿大的那年，跟團裡一位比他大一歲的女孩發生關係，懷了頭胎。後來，是最晚結婚的王裕汀在自己婚宴上，爆料這個領隊三弟跟三弟妹，當年是在飛往加拿大的機上廁所裡做見不得人的事，王勝邦才體悟到年輕一輩的時代眞的來臨了。

王鴻俊結婚之後兩年，他的大姊王薇玄才出嫁。

當時王薇玄正好三十歲，準備邁入七十歲的王勝邦曾一度擔心女兒會不會太晚結婚，不過，在看到印尼女婿百般呵護王薇玄，做父親的疑慮瞬間煙消雲散。

王勝邦爲了祝賀他的女兒新婚，特別送上一顆麒麟蛋。這是王勝邦捏蛋以來，第一次送給孩子。

後來王智村、王裕汀結婚，也都分別收到父親的賀禮。而最早結婚的王鴻俊，則在生下第二個男孩時，收到王勝邦補送的兩顆獨角獸蛋。

後來有一次地震，其中一顆獨角獸蛋從電視櫃摔到地上。事後，王鴻俊的大兒子告訴他父親，爺爺送的蛋裡蜷著一隻不知道是甚麼東西，一樣是黏土製成，模樣彷彿整隻小獸萎縮的屍骸，而這個馬獸類的頭顱，還隱約可以看見萌芽如獨角的凸起。

王鴻俊因爲最早結婚，小孩生得早，在王薇玄生下頭一胎男孩時，王鴻俊的兩個兒子已經兩、三歲，不過按輩分，這兩個男生還是得喊王薇玄的兒子一聲表哥。

王薇玄一共生下一男一女，王智村是兩女一男，最晚結婚的王裕汀則有三個女兒。王勝邦的四個孩子，總共爲他生了十個孫子。

他們全在王勝邦六十六歲後的十年間出生，只是先後順序混亂，年紀不等於輩份。

後來王勝邦回想，家裡不僅曾出現過年紀小的孩子，教訓年紀大的畫面；也發生過年紀大的孫子被年紀小的欺負，而哭著向大人討救兵的情況。

每逢過年，孩子們把孫子帶回家，吵鬧的聲音能從客廳傳到廚房後面的房間。王勝邦不只一次，對四個孩子結婚後各自搬到外面住感到慶幸，尤其每年這些小孫子聚在一起，嬉鬧的音量總會讓王勝邦的耳朵深處隱隱發疼。

然而，這不是最讓王勝邦感到困擾的事，真正困擾他的，是他總無法正確分辨這些孫子誰是誰。

黃淑華不只一次教他如何辨認這些孫子：王薇玄的大兒子喜歡咬指甲、二女兒經常踮腳尖走路；王裕汀的三個女兒，老大、老二是雙胞胎，手總牽在一起，而第三個小女兒會用黑色彩色筆在手腕畫一個像手鐲的黑圈，黃淑華問過原因，愛幻想的小孫女告訴她，自己原本也該有個雙胞胎姊妹的，黑手鐲象徵那個早已死亡，不在人世的雙胞胎姊妹。王鴻俊生的兩個男孩很調皮，感情極好，總是穿著同款不同色的衣服。王智村的大女兒習慣皺鼻頭、二女兒獨處的時候喜歡哼歌、小兒子幾乎不說話，若是有想要的東西就用手去指。

王勝邦想起以前為了分辨王聖任、王薇玄、王裕汀、王鴻俊、王智村五個孩子費盡心思。已經七十九歲的他，決定不再讓兒孫事折磨自己，無論十個孫子的哪一個，他都一律叫囝仔。

那一年過年的前幾天，王裕汀、王鴻俊兩兄弟帶著妻小，先回家幫忙過年瑣事。王薇玄的兒子、女兒也自己搭車，提前抵達外公外婆家。

除夕當天上午，王薇玄的大兒子負責張貼大家寫好的春聯，王勝邦看到他的時候，他正站在半個人高的圓凳上伸長手臂，準備把春聯貼上房間門頂。

王勝邦對他一個人貼春聯感到納悶，這幾個小孫子向來一起行動。

「囝仔。」

他喊一聲，走上前，沒想到轉過頭的竟然是王聖任。

王勝邦這一喊，讓王聖任差一點從圓凳上跌下來，幸虧他及時抱住，不過卻也讓自己的腰後來痛了半個月。

王勝邦了解自己已經太老，即便王聖任還是維持一百二十公分的身高、八歲兒童的模樣，他還是沒辦法像以前那樣將王聖任扛上肩，由他去貼門頂的春聯。

同時，他也了解到一件事，衰老讓他無法記住任何事物，爲了塡補空缺，王勝邦只好不斷杜撰記憶；錯誤的記憶與杜撰的記憶，占據了王勝邦大部分的知覺與感受。

後來他問黃淑華，今年怎麼是王聖任貼春聯，他的前妻告訴他，三十多年來一直是大兒子王聖任負責這項工作，這是除夕當天他最喜歡做的一件事。也因爲這樣，那張讓他踩著貼春聯的破舊圓凳一直留到今天，黃淑華不知道能去哪邊買這麼高的圓凳。

那一年大年初三，王勝邦維持慣例，帶全家南下高雄旅遊。旅遊途中，他提前預告所有人，明年的年夜飯改在高雄，要大家算好時間提前一起來南部。

當時，王勝邦四個孩子的事業成績都相當不錯，二女兒王薇玄跟丈夫在印尼經營的香蕉工廠穩定成長，她計畫明年設立餅乾工廠，將生產的香蕉製成加工品增加利潤。三兒子王裕汀在大陸經營印刷，一年有一半的時間待在大陸沿海幾個重要城市，是新聞媒體報導過成績不錯的台商之一。四兒子王鴻俊一直在旅遊產業中奮鬥，跟妻子兩人擔任阿拉斯加沿岸航線觀光郵輪的艙務長，他們已經存夠錢在加拿大買房子，預計今年年中帶小孩搬過去。最小的兒子王智村趁著幾年前，日本政府優惠開放合格獸醫人士入籍，學了一年日語，就帶著妻子與兒女在日本定居執業，今年過年還差點因爲訂不到機票，趕不及回家。

王勝邦八十歲那一年，如願與全家在高雄度過除夕。在澄清湖旁的餐廳舉辦的團圓飯讓他感觸良多。

那一晚一共開兩桌，王勝邦的兒女們帶著小孩從各地趕回來，這是頭一回沒在家裡吃年夜飯，全部的人都覺得新鮮。菜色是三兒子王裕汀跟他妻子提前回台灣，與母親黃淑華一起決定的，全是高雄新鮮海產。餐廳爲王勝邦一家人安排的包廂，是那種簾門圍出來的獨立空間，而非眞正的房間，因此小孫子的喧鬧還是傳遍整間餐廳，每次服務生端菜進來，王薇玄總會趕緊向他們致歉。

「過年嘛，熱鬧才好，王老闆多子多孫多福氣。」

這是王勝邦第一次細數他的家庭成員，包括黃淑華在內，連同兒女與孫子竟多達十六人，若是算進女婿、媳婦便是整整二十人的大家庭。

王勝邦從未想過自己能開枝散葉，擁有這樣的大家庭。他試著想要從自己年輕的角度來讚嘆這一切，卻發現辦不到。王勝邦不記得從前的事，甚至連去年的事都模糊不清。

年夜飯吃到一半，最年幼的孫子由他父親王智村牽來向王勝邦拜年。他是十個孫子中最晚出生的，已經五歲，眼睛晶亮得像貓。

王勝邦將黃淑華遞來的紅包塞進小孫子手裡時，發現自己的記憶裡，沒有去年發壓歲錢給這個小朋友的印象。對衰老的王勝邦而言，他與其他小朋友彷彿是突然出現的。王勝邦的記憶每年剝損一些，尤其新的事物，他忘得更快。在他的印象裡，這些小孩子應該都還是裹著毛巾，躺在嬰兒床上的模樣。

五歲的小孫子維持不愛說話的作風，一手捏緊紅包，一手指了指王勝邦桌上的蜜鳳梨。

王勝邦拿一塊餵他，剛靠近，就聞到孩童身上的奶味。他的母親在一旁要他向爺爺說謝謝。那一刻，王勝邦覺得自己活在這個世界上，彷彿就是爲了這一刻天倫之樂。他心存感激看著子孫一個個長大，按傳統家庭對子女的期待成家立業。

那一年除夕，王勝邦一共發出十九個紅包，此外，他還偷偷準備了一個紅包給黃淑華。當他把最後一個紅包放進他前妻手中時，王勝邦才發現幾十年來，自己是頭一次這麼仔細注視曾經最愛的人。

在他的眼中，黃淑華還是三十歲的樣貌，留著一頭男孩子的短髮，沒有多大變化。王勝邦伸手想去摸黃淑華的臉，卻發現自己充滿皺紋的手指在前妻光滑的肌膚上非常突兀，他趕緊縮回手。

年夜飯結束前，王勝邦吃力撐起身子，站在座位前向他的家族成員吐露自己的心事。他說了很多，將近十五分鐘的時間裡，有一半都在感謝大家。王鴻俊在第二桌小聲問三哥王裕汀，今晚父親的話是不是變多。他回答他，應該是男人八十歲的有感而發。

王勝邦幾乎將自己還記得的事都說了，他一邊說、一邊回憶，唯一沒說出口的，是一個一直存在心中的疑惑：他覺得這一切太美好，讓他有種不真實的感覺。

從以前到現在，在王勝邦身邊發生的每一件事都太過順利，好像這一切經過安排，彷彿老天是照著說明手冊讓王勝邦度過一生的。他仔細想想，自己的人生沒遇過甚麼危厄困難，也沒甚麼事讓他煩心。

王勝邦認爲，美好的事物容易遭到嫉妒，所以這個一直存在心中的疑惑絕不能向任何人說，也不可以表現擔心的樣子，以防自己擁有的美好遭到破壞。

21

大年初一這天，王勝邦一家人起得很早，計畫前往金獅湖的保安宮參拜。前一晚，他們一共在飯店開七個房間，包括王勝邦及四對夫妻各自一間房，孫子們則是男孩子一間、女孩子一間。

吃過飯店的自助早餐後，小朋友在走廊上奔跑，彼此展示過年的新衣服。黃淑華幫王聖任換上嶄新長袖的白襯衫、燙了線的黑短褲，與擦得晶亮的黑皮鞋。最後，當黃淑華幫王聖任的領口繫上紅領帶時，王勝邦告訴他的兒子，這樣穿好像準備參加合唱比賽，很好看。

一行人叫了四輛計程車到金獅湖。因爲過年，廟埕與保安橋上搭滿攤販棚子，非常熱鬧。計程車沒辦法像以前那樣直接開到廟前，只能停在牌樓，讓客人下車。

王勝邦在王薇玄與王智村攙扶下，穿過牌樓，慢慢走過保安橋。這是王勝邦第一次，花這麼長的時間才走完保安橋，攤販與遊客多得讓他看不見欄杆上的石獅子。

抵達廟埕的時候，王智村帶二女兒去廁所，暫時離開王勝邦身邊。

當時，一個推車攤販老闆正在表演隔空捲棉花糖。他拿長竹棍往棉花糖機器裡撈，一股白色半透明的絲狀物，隨著竹棍飄到半空中。他一邊旋轉竹棍捲棉花糖，一邊慢慢後退，最後他停在距離機器五個人距離遠的地方。棉花糖像雲，飄在遊客頭上。圍觀的人都拍手叫好。王薇玄勾著王勝邦左臂，兩人從遠處看，也看得出神。

這時候，王勝邦感覺空出的右手讓人牽住。

他以為是王智村從廁所回來，或是某個叫不出名字的小孫子。

棉花糖師傅在眾人鼓譟下，接著表演捲不同顏色的棉花糖。每當竹棍多捲上一種顏色，周遭遊客的喝采音量就提高一些。

當圍觀的人群多到王勝邦從遠方看不到表演時，他轉過頭，發現自己剛剛才被握住的右手，牽著一個大約十歲的陌生男孩。

王勝邦不認識這個男孩，對他的臉完全沒有印象。他以為是自己又犯健忘，心裡焦急，趕緊對男孩露出微笑。

男孩俐落下梳的髮型，服貼在額頭上。一對彎月般的眉毛很漂亮，顏色濃淡適中，掛在兩個又圓又大的杏桃眼上。特別的是，男孩雙眼的眼白部分極少，水汪汪地像在笑，非常迷人。

王勝邦低頭看他的時候，男孩像早就仰頭在等。他回給他一個微笑，這個笑容讓王勝邦想起王智村小時候的模樣。王智村小時候笑起來也是這樣的一字嘴，在稍微豐厚的兩頰揪出小小酒渦。

王勝邦很清楚，這個男孩不是自己的孫子。

他問他是誰，也問他父母在哪。男孩不怕生，沒有回答只是笑，並在王薇玄轉過身問父親跟誰說話時，對王勝邦露出一個燦爛得足以讓人永生難忘的迷人笑容，然後鬆手跑開，鑽入人群。

王智村從廁所回來後，王勝邦一直要他笑給他看。王勝邦認爲那個男孩長大後的笑容，應該就是這個模樣。

參拜保安宮後，黃淑華帶所有人去走七星橋。保安宮的七星橋架在廟埕右側的搭棚下，大家過去的時候，已經有許多人在排隊。

因爲王勝邦一家人的人數太多，沒辦法一次走完，廟方人員在分發解厄紙時建議他們，一部分的人先走。王勝邦覺得自己年紀太大，會影響隊伍，索性放棄七星橋，獨自一人改到廟埕另一側，看廟方在過年舉辦的兒童說故事比賽。

保安宮是高雄三民區的大型廟宇，經常舉辦各種活動，尤其過年或中壇元帥誕辰期間。這是王勝邦有記憶以來，第一次參加保安宮的廟會活動，他顯得很興奮，坐在塑膠圓凳上四處張望。

參加兒童說故事比賽的小朋友平均十歲上下，最大的只有十二歲，童言童語的模樣非常可愛。王勝邦心想，也許明年可以幫孫子們報名，讓他們上台講故事。

這一天，全家人在保安宮附設的餐廳用完午餐才離開。

吃飯的時候，王勝邦一直想起說故事比賽中，第三個上台的女孩。那個小女生留著一個齊眉的水梨頭，雙眼眼角有些下垂，看起來彷彿正在蹙眉毛生氣。

她抱著麥克風上台，走到中央看了看台下的人群，竟嘟起嘴又走下台。她的父母連忙趕她上去。她自我介紹今年十歲，但王勝邦覺得只有八歲，甚至更小。

然後，她用微小的聲音說了一個覆鼎金當地的故事。

小女孩說，兩千年前在現今台南、高雄、屏東北部地區出現的蔦松文化，是台灣南部史前文化最晚的一期。蔦松文化的人們接受外來使用鐵器的觀念，見證了人類從新石器時代進入金屬器時代的這段演變；同時，他們仍保有新石器時代熱中製作、使用陶器的習慣。

包括台南西寮、烏山頭水庫、高雄湖內、南安、龍泉寺、覆鼎金幾個重要遺址，都曾挖出數量可觀的夾砂紅陶，這些紅陶，以束口鼓腹的罐器最多，其次才是缽器。

覆鼎金這一大片地區，是當時人們埋葬往生者的地方。日治時期的民俗學者國分直一發現，這個時期的下葬方式，已經是後來常見的仰身直肢葬，也就是面朝上平躺的方式，並以陶器品陪葬。人們會在墓穴中、亡者的頭頂處放置水罐，因爲他們相信死者的靈魂會順著水罐重回世間。

長時間累積下來，覆鼎金成爲一個活人與靈魂共存的靈性之地。

居住在這裡的每個人，被這塊土地的靈性贈予五種天賦：仁德之心、追求眞理的智慧、永恆力量、哲人的魅力、留住美好的能力。這五種天賦每個人都有，只是擁有的比例不同。追求眞理的智慧多一點的人，成了地方上的智者；哲人魅力多一點的，就成爲眾人的領導者。

覆鼎金的靈性足以參透過去與未來，祂用各種方式教化居民，並庇蔭眾人。關於覆鼎金的神祕傳說一年比一年更多，幾百年後，大家對這個地區，有著各自從不同地方聽來的傳聞。

有人說，覆鼎金的地下藏著一條數百年來因爲無法化龍，而四處吃人作祟的藍色巨蛇；有些人則說，地底藏著一個半公頃大小的巨鼎，東西長、南北短，就像用過後倒蓋的模樣；老一輩的人則指證歷歷，地下埋有一頭巨獅骨骸，九尺高、十八尺長，模樣驚人。然而最普遍的說法是，覆鼎金地底埋藏大量黃金。

有些傳聞甚至遠推至宋、明兩代，說是許多煉金術士流傳在遙遠的蓬萊仙島上，存有長生不老的神祕力量，所指即是覆鼎金這個地方。

後來清代積極開發台灣，道光十四年派遣當時閩縣與福州府海防同知曹謹，到台灣鳳山接任知縣。當時，朝廷與地方全都在傳言，曹謹此行表面是平定台灣嘉南地區因旱災引起的饑荒，但實際上是爲了挖採黃金，或取得長生不老的祕密。

小女孩說，其實，曹謹是覆鼎金在發現自己的靈性即將受到破壞，而被賦予第五種天賦的人。他上任知縣後，立刻著手進行修築水圳。

這是清代台灣南部面積最大的水圳，流域從現在的高屏溪，到大樹鄉九曲、久堂村，大小圳道將近五十條，涵蓋土地兩千五百多甲。兩年後，曹謹的學生再築新圳，完工的數量同樣將近五十條圳道，兩千甲面積。

水圳竣工後，台灣南部下起長達兩個月又十六天的大雨。雨水從百岔的圳道流入覆鼎金地底，將這個地區的一切事物全部淹沒。當時，整個覆鼎金就像一只淹滿水的大鼎。再也沒有人對覆鼎金有非分之想。

這件事被人們稱爲「澆鼎」，詳細記載於地方志中，妥善收藏在保安宮、道德院兩間廟裡。

那場大雨形成的水澤，在一百年後才慢慢退去，同時，覆鼎金也成爲蠻荒之地重新開發。

最後，說故事的女孩唱了一首地方童謠。王勝邦記得很清楚，內容描述五個奇特的小孩，他們各自擁有奇特的本領，保護這塊土地上的人們。

趴鼎金，選五子，
五子領奇能，本領通天萬事成。
一個大王作穡人，
仁德心，孝慈親。

驚熱蒙棕簑，種籽数歸堆，
煩惱天未光，煩惱鴨無卵。

二個大王讀冊人，
智慧深，佛撞鐘。
出世肚子大，自然會唱歌，
人睏紅眠床，伊睏冊房間。

三個大王渡船仔，
啼三聲，予人驚。
飯簍核韆鞦，鍋藝水裡泅，
龍船鼓水渡，水車拍碌磚。

四個大王放雞鴨，
人見人愛，笑開懷。

雞母換雞䳘，雞䳘會生卵，
有米兼有飯，欲食各自揀。

老五拿針縫水水，
丈人鞋，甜紅粿。
婧衫給你穿，婧帽給你戴，
嬰仔無愛哭，挈你去看戲。

趴鼎金，五囝仙，各司本領藏奇兵，
五仙護百姓，年年過好年。

22

年節結束後，王勝邦一家人各自回到工作崗位上。王勝邦與黃淑華、王聖任回到台北的時候，他發現住家附近的那個湖泊更加巨大了。

之前，他只能從房間的窗戶看到湖泊，如今家裡的每扇對外窗看出去，都是湖泊，客廳、廚房，無論從哪個窗子看，整間房子就被困在水中一般。

湖泊遠處的那一側，能看到一些房舍、道路、街燈或是樹木，因為距離遙遠的關係，這些東西在王勝邦眼中看起來，都非常小。雖然小，但對王勝邦而言卻很重要，因為這些是唯一證明湖泊有邊界的事物，否則王勝邦會認為，這個湖泊彷彿海洋般巨大，沒有盡頭。

週六早上，王勝邦一如往常在窗前想看看遠處湖邊的建築，但因為霧氣的關係，加上已經衰老的雙眼，他完全無法辨識遠方那些讓他安心的事物。王勝邦只好拉來椅子，等霧氣散去。

當黃淑華在餐廳喊吃午餐的時候，霧正好散開，王勝邦在霧散後，重新看到湖泊遠處熟悉的房舍、道路、街燈與樹木。

只是這次，那些東西看在他眼裡的感覺很不眞實，每一樣都好像是電影或電視劇中，爲了劇情需要而搭設的場景，並非以前就眞實存在。

王勝邦當時已經八十歲，沒有力氣思考這個問題，也沒興趣到處走動，他每天醒來就是對著窗外看湖泊，看到吃過三餐，再躺回床上睡覺。

梅雨季節開始前的某一天下午，王勝邦的窗邊飛來一隻全身咖啡色的小鳥。這隻鳥只有手指長度的大小，羽毛粗糙，牠用同樣咖啡色的喙敲擊玻璃。

王勝邦覺得面熟，他對著小鳥啄擊的位置，輕輕用手指敲打。鳥兒沒有閃避，於是他吃力想打開窗戶，讓鳥兒進屋。

只是當王勝邦將玻璃窗推開後，才發現在窗檯上的並不是眞的鳥類，而是一片黃淑華的手工動物餅乾。

那一刻，王勝邦認爲自己的一生到這個階段，應該差不多了。王勝邦知道，跟許多能細數兒孫的老人相比，自己沒辦法正確記住事物。多數的老人們，在人生最後的時刻，能將過去種種美好的回憶重新反芻回味；但對王勝邦而言，一生充滿模糊錯亂的記憶，他無法分辨眞實、夢境、別人告訴他的事，或自己經歷過的事。

很多事情，他不能確定眞實性，更不清楚是否發生過。

王勝邦發現，每年清明節過後，他的鼻子總會聞到鳳梨的味道，有時候是熟透的腐酸味，有時則是未熟的青澀果香。

後來他才知道，這些氣味不是鼻子眞正聞到的，而是幻覺，就像有人會幻聽、幻視。每次王勝邦出現幻嗅的時候，他總會把之前向黃淑華說過許多遍的故事，拿出來再說一次。

那是關於幾個孩子的故事。

黃淑華聽了幾十年，每次總能從不同的版本中，發現王勝邦又爲這個混雜夢境與幻想的虛構故事增添了甚麼新的內容，只是，不管故事怎麼變，裡頭人物的名字卻不曾改變。

黃淑華記得這些孩子的名字：其中的女孩叫郭韋瑄，個性堅毅又溫和；最聰明的那個叫梁育廷；能徒手拍裂桌子的是孫宏軍；笑容令人折服的吳子淳，與看起來最年幼的則是洪嘉枝。

去年清明過後，王勝邦告訴黃淑華，他看見到吳子淳站在住家旁的湖泊中央對自己微笑。當時整個湖面全是雪白色的水鴨，牠們環繞吳子淳，就像一張巨大的白色毯子。吳子淳的笑容非常迷人，即便距離王勝邦非常遙遠，但他告訴他的前妻，他能確定那是只存在夢中的迷人笑容。

「所以你看到的是夢境？」黃淑華問王勝邦。

「不，是眞實的，他在對我笑。」

「你確定不是你自己進入這個男孩被稱爲『笑』的夢境裡？」黃淑華又問他。

王勝邦不能確定。

在王勝邦的一生中，有太多事情他不能確定，唯一能確定的，就是窗口前面的湖泊。這個湖泊用非常非常緩慢的速度持續擴大，緩慢到讓人幾乎無法察覺，以至於每次當王勝邦站到窗前，都會訝異於它的成長如此驚人。

同時，它也讓王勝邦感到安心。

每年中秋節後天氣轉涼，王勝邦總能在窗前看到不少南飛過冬的雁鴨，飛來這個湖泊，五十幾年來一直如此。那些鳥類會在天空排成人字形，穿過湖泊上空，或是在湖泊上游來游去。等隔年春天，再一起飛回北方。

剛開始的幾個夏季，王勝邦常看著沒有任何水禽的湖面，疑惑這些鳥類今年秋冬是否還會回來；甚至，更令他困惑的是，去年秋冬是否眞的有候鳥來過，因爲死寂的湖泊不像能吸引任何動物棲息，它唯一確定能吸引的是他幾十年來的目光。

除了湖泊，另一件能讓王勝邦安心的事，就是兒子王聖任與前妻黃淑華。

一個週三的深夜，王勝邦半夜下床喝水，在客廳的鐵架窗檯看見王聖任盤腿坐在那邊。

這個鐵架窗檯是用來放置陽台盆栽的。王聖任還小的時候，黃淑華經常在夏天夜晚，將他放在鐵架窗檯上納涼。後來王聖任也經常自己爬窗出去吹風。

那天正好農曆十五，月亮圓大而且明亮，照得四下宛如白晝。王勝邦從兒子的背後看去，見他全身映滿月光，盤坐在窗檯上，彷彿一尊玉雕像。

王聖任八歲孩童的肌膚，這一刻格外晶透，像吸飽了月光，正慢慢發散光芒。

王勝邦發現幾十年來，王聖任不曾改變，模樣停留在國小二年級的時候。起初他曾向黃淑華提議帶兒子求醫，但後來卻也逐漸喜歡王聖任這個模樣。

王勝邦甚至認爲，是兒子自己選擇不長大，透過與彼得潘一樣特殊的方式，將自己留在八歲那年。

王聖任永遠不變的年齡，讓他的父親感到非常安心。

王勝邦曾經試著想過自己人生最後的幾年，會是甚麼樣的情況，每次想到這個問題，他就記起王聖任八歲的小臉，與月光下的模樣；此外，還有前妻黃淑華以及窗邊的湖泊，這是八十歲的王勝邦僅能清晰想起幾件事。

他確信，接下來的時光，自己將會看著湖泊、前妻與兒子直到生命的最後一天。

一個下午，黃淑華接到王鴻俊從漢口打來的長途電話。他告訴母親，他與哥哥王裕汀昨天不約而同夢見父親王勝邦。

在王鴻俊夢裡，王勝邦不知為何，脫光衣物跑進大雨中。王鴻俊喊不住父親，只能跟著跑出門。這一路上，王勝邦遠遠跑在前面，王鴻俊怎麼也追不上。一段時間之後，他發現他父親的身影竟然開始變小，彷彿正在融化。最後即將清醒的時候，雨正好停，王鴻俊追上他的父親，那時王勝邦只剩巴掌大小。王鴻俊彎腰想撿起王勝邦，沒料到一捏，他的父親竟然碎了。

而王裕汀則夢到自己還是國小一、二年級的學生，王勝邦帶他參觀紙廠。他怕兒子觸碰工廠設施，便告訴他若是調皮搗蛋摸器材，人會被捲到機器中印成紙張。參觀途中，王裕汀因為肚子痛去洗手間，他一直想起父親說的話，腦中不斷出現王勝邦因為不小心觸碰到機器，身體被一寸寸捲入縮小，最後印成報紙的畫面。

王裕汀從廁所出來後四處找不到王勝邦，焦急大哭之餘，紙廠的工人問他是不是牆邊那疊宣傳單上印的人。王裕汀靠近一看，果然是他的父親正擺著一張驚訝的臉，像故意扮鬼臉逗兒子，於是王裕汀放心笑了。

幾天後，大女兒王薇玄與最小的兒子王智村分別打越洋電話回家，他們也都夢到王勝邦。

王智村的夢境是他在日本四國的朋友告訴他，若要亡者復活，只要光腳以行乞的方式，逆時鐘方向繞行四國這座島嶼，一百圈後，死去的親人便能重回世間。王智村在夢中知道後，立刻執行這項神祕的儀式，只是當有人問他是為了誰，他卻答不上來。

直到繞完一百圈，王智村聽到天空傳出號角般的巨鳴，看見遠方路面流來一道積水到他面前，水面映著王勝邦的臉，他才知道是自己的父親死了。王智村隨手拿起喝完的果粒飲料寶特瓶盛裝積水。回到家時，他的妻子問他是否順利，他搖晃手裡的瓶子回答：「還有果粒呢。」

王薇玄則是夢到丈夫不知從何處撿回一個俄羅斯娃娃。這個俄羅斯娃娃年代久遠，漆料剝落嚴重，但依舊能辨識是穿著華麗鮮豔的傳統胖娃娃圖案。俄羅斯娃娃體積不小，大約有垃圾桶的大小，帶回家後一直被放在電視櫃旁邊，沒人打開過。

那一天，王薇玄在廚房做菜，沒空理會獨自在客廳玩耍的女兒與兒子。一段時間後，原本不時傳來的嘻笑聲停止了。王薇玄到客廳沒看見姊弟兩人，而俄羅斯娃娃開了幾層倒在地上。一模一樣的胖娃娃笑臉散落一地。王薇玄沒去找小孩，反而蹲下繼續打開剩下的娃娃。

當開到最後一個的時候，王薇玄發現這個俄羅斯娃娃共有一百九十二層，而最裡層的俄羅斯娃娃只有半個巴掌大，圖案與其他一百九十一個完全不同，是用俄羅斯傳統繪畫所畫王勝邦抱著王薇玄兩個孩子的圖樣。

23

清明節當天，王勝邦摸黑起床，在窗邊看了湖泊好一段時間，天空才慢慢亮，這時廚房傳來黃淑華菜刀切菜的聲音，持續而且穩定。王勝邦覺得這個聲音跟廟裡敲木魚是屬於同一種聲音，都是聽久了會讓人感覺沒有邊際的聲音。

一直到太陽完全照射湖泊，菜刀聲音才停下來。黃淑華爲掃墓準備的供品包括春捲、水煮蛋、酒。一個小時後，王勝邦與黃淑華、王聖任來到墓地掃墓。當車子抵達墓地，他是最後一個下車的。

王勝邦下車後一直四處張望，不敢走動，他覺得環境非常陌生，不能確定自己是否曾來過這裡。

他問黃淑華，以前祖先的墳墓就在這裡嗎？黃淑華點頭，王聖任也說是。

王勝邦環視四周，發現一整個山頭都是墓地範圍，入口處的告示版上標示，這個墓區包括火化場、示範公墓、回教公墓、叢葬祠、萬應公廟，與一座日本納骨所。

王勝邦認爲他的前妻與兒子的話絕對沒錯，是自己年紀太大，已經無法正確將許多事情按既有順序編入腦中的時間序列裡。特別是存於他腦中那些零散的片段記憶，彼此互相干擾，長期下來自動被大腦淘汰，最後所剩無幾。

這種情況讓王勝邦覺得自己就像失常的水果篩選工廠，快速丟棄無法辨識的記憶，以至於後來，甚至沒有可供比對的資料，讓王勝邦無論新或舊的記憶，都變成不可能被保留的遺棄品。

他想起一個多月前的某個晚上，吃飯時他向黃淑華提出能不能別再煮同樣的菜色，當時王勝邦正一邊咀嚼拌有番茄炒蛋的白飯：「昨天跟前天好像也是番茄炒蛋。」

王聖任當場告訴他的父親，番茄這陣子不是產季，母親已有半年沒做這道菜。類似的情形，發生過非常多次。王勝邦發現，長久以來似乎有許多事情，從一開始就是混亂的，導致最終必然以悲劇收場。

這時，他看到兒子想拔除祖先墳墓旁邊圍牆上的雜草，踮高腳卻仍搆不到。王聖任用八歲孩童的稚嫩嗓音，要黃淑華幫忙。

同一時間，黃淑華正好擺妥祭品，挺直腰桿，轉回頭與王勝邦四目相交，陽光下，她笑容極爲燦爛。他看到前妻黃淑華還是五十六年前剛與自己結婚的模樣，是二十多歲的年輕少女。

王勝邦當下仔細回想，黃淑華的確一直是這個樣子，不曾改變過，就跟王聖任一樣。他沒辦法分辨，黃淑華與王聖任是眞的不曾變老，或是他們兩人選擇以這樣的形貌存在自己的記憶中。

掃墓結束的時候，王勝邦已經虛弱得沒辦法自己上車，需要黃淑華與王聖任攙扶，當時，他發現自己前襟還黏著剛剛吃春捲掉落的花生粉。

計程車開到住家附近的湖泊時，王勝邦請司機停車，原本想問前妻是否陪他走走，但看到兒子正趴在黃淑華腿上熟睡，只好獨自下車。

下車前，王勝邦問前妻：「這個湖泊一直是這個樣子嗎？」

「是的。」黃淑華回答。

他再轉頭問司機相同問題，司機一臉錯愕，皺起眉頭，好像不悅被提問一個眾所皆知的問題。

「是的，一直如此。」他回答王勝邦。

幾十年來，王勝邦都是從臥室窗戶遠看這個湖泊，這是他第一次站在湖泊旁，他發現湖泊比想像更大，彷彿大海般完全看不見對岸。

他開始沿著湖邊，非常緩慢地前進。

計程車載著前妻、兒子先到前方等候。王勝邦看到計程車的紅色尾燈在遠處熄滅，司機走下車抽菸。由於他太過衰老，視力早已衰退，遠遠看去司機像站在霧中模糊不清。

王勝邦在湖泊邊的一棵魚木前停下腳步，當時，魚木的白色小花陸續飄落。

他從樹根旁撿起石頭往湖裡丟。

石頭在湖水上空畫出一道拋物線，然後掉落，直接穿越湖面，消失在湖中。

王勝邦感到困惑，他注視湖面一陣子之後，又從地面撿起石頭往湖面丟。

由於王勝邦已經太老，這一連串動作進行得非常吃力，而且緩慢，看上去宛如電影調慢速度播放般不真實。

他不僅動作遲緩，連腦筋也沒辦法像年輕時候那樣，能快速察覺事物奇怪的地方，甚至推敲哪邊不合理。王勝邦一連丟出五顆石頭，才看出怪異之處，那就是湖面沒有波紋。

他謹慎走到湖邊，盡可能靠近湖水，當時吹來的微風，夾帶著湖水才有的沼泥氣味。

王勝邦慢慢蹲下，用手拍打水面，同樣沒有波紋。

他反覆幾次這樣的動作，沉默許久。然後，他緩慢撐著腿站起身，回頭望向停在遠方的計程車，覺得時間暫停了好久。
接著，王勝邦面向湖水，傾身一倒，墜入湖泊中。

王勝邦後來回想，依舊認為當他醒來的第一時間，躺在身邊的男孩是自己的第四個兒子王鴻俊。

是隨著意識逐漸清晰，王鴻俊的臉才慢慢轉變成孫宏軍的。換句話說，當王勝邦重新閉上眼睛，整理思緒，再一次仔細確認身邊男孩的時候，才發現他確實是那個一頭凌亂蓬鬆頭髮，擁有驚人力量的學生孫宏軍，而非幾分鐘前，醒來第一眼所見的王鴻俊。

孫宏軍緊閉雙眼平躺，雙手併攏於身體的兩側，一動也不動，就像已經死亡。

王勝邦第一次注意到，原來以前孫宏軍那個似笑非笑，彷彿做了壞事，卻又想嫁禍給別人的上揚嘴角，不是他刻意的表情，而是天生唇型，看起來就是調皮搗蛋的模樣。

躺在孫宏軍身邊的三人，包括吳子淳、郭韋瑄、梁育廷，他們也都是在王勝邦將目光看向他們的那一刻，五官長相才從王智村、王薇玄、王裕汀轉變過來。

那樣的畫面很像特效，將一個人的臉融成另一個人，尤其當這兩張臉差異不大的時候，更讓人覺得理所當然。

王勝邦認爲自己之所以看到這樣的畫面，除了因爲兒女的長相與這幾個學生有相似之處外，更主要的原因是：自己剛清醒，不僅腦筋渾渾噩噩，連視線也還模糊不清，以至於誤認。

但王勝邦不知道，真正情況是，躺在他身邊的四個孩子，一開始確實是他的子女：王鴻俊、王智村、王薇玄、王裕汀。他們是在王勝邦甦醒之後的幾分鐘內，才慢慢變回王勝邦的學生：孫宏軍、吳子淳、郭韋瑄、梁育廷。

之所以會發生這樣的事，是因爲王勝邦自己也正從八十歲的模樣與記憶，恢復成三十七歲。

只是，在他的印象裡那幾個神奇的學生應該有五位，不是四位。

王勝邦如何也記不起第五個學生，那個頂著齊眉水梨頭、眼角有些下垂、總是嘟著嘴，看起來像隨時在生氣的洪嘉枝。

同時王勝邦也發現自己想不起來，自己所生的孩子在王智村之後，是不是還有其他人。

王勝邦在心中反覆算了算，王薇玄、王裕汀、王鴻俊、王智村，自己確實只有四個小孩，他完全忘記王聖任這個兒子，以及他的長相。

王勝邦躺在自己醒來的位置，一動也不動，他用很長一段時間想這些問題。許多記憶變得模糊而且不可確信。他不能確定自己最疼愛的學生，是四位還是五位？自己兒女的數量？他曾經最愛的黃淑華是否還活在這個世界上？

甚至，王勝邦懷疑自己已經死亡，與躺在他身邊的四個學生一樣都是亡者。

一段時間之後，王勝邦才注意到，自己與郭韋瑄等人是處在一個類似水族箱的地窖內。這個地窖的石壁牆面粗糙，看得出最初是手工開鑿。地窖的牆面上鑲嵌有兩片巨大玻璃，玻璃外全是水，光線自水面由上而下折射出藍色水光，透過這兩片玻璃映滿整間地窖。王勝邦覺得自己彷彿置身水族箱裡，能從玻璃的這一側看見水中游動的魚群，聞到岩石滲水的潮濕氣味。

當那些身上鱗片閃閃發亮的小魚，成群在王勝邦眼前快速回轉游開的時候，他心想，只有虛構與幻想，才能容納這些不合邏輯的事物，包括四個孩子與自己可能已經死亡。

24

「孩子們？」王勝邦試著開口發出聲音。

他發現自己說話的音調從老人那種粗糙，嚴重磨損的音色，轉變成三十多歲年輕人的聲音。王勝邦注意到自己正在年輕化，聲音是第一個轉變的。

聲音剛開始變化的時候，王勝邦的視線與行動還停留在八十歲老人那種不清晰、不靈活的階段。他看到的事物，依舊擋著一層白霧；他的雙手仍然沒辦法快速握拳鬆開。

但王勝邦能清楚感覺自己的視線逐漸清晰、行動慢慢靈活。

這樣的變化不是快速的，而是間斷、不連續的。在一連串細微的變化中，王勝邦眼睛裡的白霧有時散去、有時聚攏；他的手指有時能彎曲、有時卻又僵硬遲緩。

這樣反覆的變化讓他感到疲憊，他很不想理會這些變化，只想放空知覺，甚至讓自己直接入睡；只是，每當這樣抗拒的念頭出現，王勝邦還是會打起精神對抗，因爲他認爲，自己過去應該是在某個時間點，被切換成另一種人生，而這樣的切換可能不只一次。

在虛構或夢境裡，甚麼都有可能發生，包括人生被換取。

就在王勝邦感覺自己的聲音、視覺、行動完全恢復到三十多歲的時候，他的鼻子吸進一種奇怪的味道。

王勝邦一聞就知道，那是非常古老的空氣的味道，是水放置很久之後的氣味。

那個味道遊蕩在王勝邦四周，然後像鉤子一樣，將他的靈魂從小拇指尖端拉出。

王勝邦後來回想，那個畫面很像記憶裡，廟會或夜市的棉花糖師傅刻意站遠，用竹棍在空中拉出棉花糖絲的情況。他認爲，或許自己的靈魂就跟棉花糖一樣甜。

王勝邦看到自己面朝上平躺，雙膝朝上彎曲，頭頂緊靠一只陶砂罐子。孫宏軍、吳子淳、郭韋瑄、梁育廷四個人則以一樣的姿勢，依序躺在王勝邦旁邊。他們的雙眼緊閉，手臂貼緊身體兩側。

王勝邦知道這是兩千多年前，蔦松文化時代人們下葬死者的方式。

當時的人相信，用這樣的姿勢埋葬往生者，他們的靈魂會透過頭頂的水罐自由進出肉體，水罐蒸發的水氣就像橋梁，能引出死者的靈魂，讓他們在日落之後返回住家與子孫一起生活。天亮的時候，靈魂若想回去，就沿著水罐的水氣返回墳墓中的身體裡。

那個時候的人們也相信，只要靈魂進出身體，遺體便不會腐化，對他們而言，死亡不過是用另一種方式活著，亡者不曾消失。

眞正的死亡是遺體頭頂上水罐中的水乾涸，靈魂無法自由進出，這個時候，無論靈魂飄蕩在外，或是被閉鎖在身體中，死者的遺體都會開始快速腐壞。所以，後來蔦松文化的後代，比其他地方的史前文化更快發展出墓穴室的埋葬方式。

當時的人們不懂建築，只能靠挖掘的方式建造墓室，每間墓室都不大，遺體只是整齊擺放墓室地上，一間墓室大約僅能容納五個人左右。

研究史前文化的考古學者從這些墓室的形態，與出土文物的擺放方式，發現蔦松文化的人甚至爲墓室開鑿可供活人進出的洞口。他們會在親友死亡下葬後，經常到墓室中爲他們頭頂的水罐添加水，以確保亡者能繼續活著。

據說當時喪夫的婦人們都是用這種方式，讓她們的丈夫在死後還能幫自己受孕。

王勝邦身邊四個孩子的樣貌與姿勢像正在熟睡，他是非常靠近他們仔細觀察，才發現他們臉上沒有毛孔，非常光滑，就像瓷燒的人形。

王勝邦也仔細查看自己的皮膚，相形之下顯得粗糙，是眞實的肌膚情況。

此外，四個孩子頭頂的水罐都是乾的，只有王勝邦自己的水罐有水。王勝邦判斷自己已經死亡，鼻子聞到的水的氣味，正是來自自己頭頂的水罐。

他繞行地窖後，發現唯一一條對外的甬道與地窖內一樣潮濕滲水，王勝邦順著甬道走出地窖，發現出口位在金獅湖保安宮正殿最底部，藏在供桌與神像間一道向下的樓梯裡。

王勝邦踏出樓梯，站上保安宮地板，那一刻，他鼻孔裡的水味完全消失了，而許多被遺忘的事物也逐漸想起。廟方人員立刻過來，要王勝邦離開。

王勝邦告訴年紀大約三十出頭的廟方人員，他想找保安宮常務董事洪啓松。廟方人員一臉茫然聳聳肩，要王勝邦去問服務台。

他輾轉詢問幾個年輕的廟方志工，他們都沒聽過洪啓松，最後來了一位八十多歲的老人告訴王勝邦，洪啓松早在好幾前年前就已經過世。

這個老人曾經是保安宮第十屆董監事會的監事之一，他告訴王勝邦，洪啓松是第二屆的常務董事，後來更擔任保安宮董事長，老人自己不曾見過這位地方善人，但當年常聽街坊談論，後來也從廟方資料中得知一些關於洪啓松的事蹟。

老人說，當年保安宮剛落成，很多事情在起步階段，董監事的各種制度都是洪啓松建立起來的。

當時盛傳保安宮下方埋藏清代的珠寶，這個說法，甚至傳進總統府，當時的政府甚至一度派人調查，保安宮陷入拆廟的危機，最後是洪啓松四方奔走，才平息這場風波。

根據廟誌記載，洪啓松連續擔任四屆保安宮常務董事、兩任董事長。在他擔任常務董事的第二年，覆鼎金地區遇上荒害，將近半年的時間不曾下雨，不僅大多數用來農作灌溉的渠水乾涸，連金獅湖、澄清湖這兩個長年水量豐沛的湖泊，水位都剩不到一半。

當時洪啓松帶著三位保安宮監事搭車北上，拜會水利處，成功爭取北水南運的機會。北水南運的時間維持半年之久，洪啓松以長期抗戰的想法，設計一套供水計畫，讓地區每戶都有穩定水源可以使用，後期甚至連農地都恢復了耕作。

災後一年，政府為洪啓松對地方的貢獻頒發了褒揚令。那次的頒獎，洪啓松還因為推動保安宮常設地方清寒家庭教育獎學金、清貧學雜補助、優秀學生就讀獎勵，同時獲得政府教育貢獻的褒揚。

這些事蹟在保安宮廟誌與高雄地方誌都有記載。老人告訴王勝邦，在他記憶中，有件事是資料裡不曾提到的。

有一年夏季颱風，高雄遭逢豪雨，同時發生月圓造成的海水倒灌，當時鹽埕區、三民區內的幾個低窪地區都嚴重積水。金獅湖與澄清湖的水位在短短幾個小時內漲高，這是附近居民第一次看到湖水與路面齊高，他們非常驚恐，擔心再過不了多久，整個高雄都會沉沒。

當時保安宮的董事洪啓松趕設香案，並請來德高望重的地方士紳祭天治水，其中包括當時已一百零一歲的人瑞許景公、清代舉人張簡魁的第四代子孫張簡丁介，與道德院開山宗長郭騰芳。

那一天的天黑之前，整個鼎金後路、鼎金中街、天祥一路、金山路、金陵路、鼎力路一帶的水已經淹至小腿高度，幾乎所有一樓住家的雜物都漂到街上。洪啓松設的香案幾次差點翻倒，是保安宮的幾位理事用身體壓著，祭拜儀式才順利進行。

當時，附近居民全都捲高褲管，站到保安宮的廟埕廣場，大家雙手拿著自家筷子，等洪啓松命令一下，一起做出划船的動作。這個早年在沿海地區盛行，出海遭遇暴風雨時祈求水仙尊王庇祐的划水仙儀式，模樣看起來就像端午龍舟比賽，只是大家用筷子代替船槳，懸空做動作。

儀式後，洪啓松請人搬來高一百六十公分、寬與厚約三十公分的石條，以紅墨寫上「水仙尊王在此」幾個字，立於鼎金中街與鼎金三巷交會處。這個位置正是《台灣府志》中「方言謂釜爲鼎，山圓淨如釜之覆」覆鼎金地名由來的那座山丘旁。

老人告訴王勝邦，石條打入地面的同時，豪雨倏停、烏雲裂開，積水以石條爲圓心快速消退。道德院的郭騰芳當時已經是得道修行人，見到這個景象也讚嘆洪啓松的福報。

25

老人請保安宮的人員帶王勝邦到後殿找洪啓松的妻子洪徐玉鳳。這位因丈夫洪啓松，而受地方景仰的老婦人已經九十多歲，她看到王勝邦的時候，幾乎沒有遲疑，從容微笑著說：「王老師你好。」

洪徐玉鳳當時正在繡一幅長達四百多公分的巨型錦繡，繡工複雜、鮮豔華麗，在窗邊閃閃發亮，吸引王勝邦的目光。

洪徐玉鳳告訴王勝邦，二十幾年前洪啓松過世那天，天空打了一整晚的悶雷，所有的牲畜與人都被吵得無法入睡，動物騷動鳴叫，這個地區的所有人都走上街看徹夜的閃電。後來大家說，那個晚上的情況就是古人說的天鳴，是聖人或偉人逝世時才會出現的天空異象。

洪啓松愛民護民、尚義可風，不僅是覆鼎金地區居民的精神指標，十多年之後，地方中小學教材甚至將他的事蹟編入課本內。直到今天，地方上若遇重大決策，地方官員依例仍先敬會洪徐玉鳳，並請她裁示，他們相信如此能獲得洪啓松的庇祐。

洪徐玉鳳說自己的年紀已經太老，事實上，很多時候，那些從門縫飄進房裡的提問，她根本聽不懂。

洪徐玉鳳說這些話的時候，身體搖晃得很厲害，彷彿隨時都會碎裂瓦解。王勝邦認爲，很多事物除非被她一針一線縫進錦繡之中，否則被遺忘是不可避免的。

她用牽幼童的方式，拉王勝邦的手到窗邊細看她正在縫織的錦繡。這塊巨幅刺繡依照洪徐玉鳳的說法，會是自己最後的作品，裡面的內容是她嫁給洪啓松後所聽聞一切關於覆鼎金的傳奇故事。

錦繡圖案從最右端開始，是一口倒翻的巨鼎，尺寸非常巨大，足以籠罩山林湖川，鼎中不斷湧出大水，洪徐玉鳳在山林上方繡了許多飛散的鳥禽，代表萬物受大水驚擾。

接著是一位穿戴長褂官服的清代官員，左手背在背後、右手直指前方，彷彿正指揮某些事進行。

接著的圖案，繡有二三十人揮汗開墾，每個人都打赤膊，在脖子上圍著白色毛巾，他們正在挖鑿的河道溝渠有一部分已經開始通水，岸邊有幾個工人雀躍歡呼。

接近整塊巨型錦繡中央的位置，是一幅蛛網線路圖，連接三間廟、兩處墓地，王勝邦認出那三間廟分別是保安宮、道德院、覆鼎金墓區的萬應公廟；兩處墓地則是墓區的日本納骨所與回教公墓。

然後的降雨圖案，是洪徐玉鳳正在進行的部分。大雨上方她並不是繡烏雲，而是五個飛天孩童。這五個孩童只穿中國肚兜，留著年畫中才會看到的沖天炮或雙辮子髮型。他們盤旋天空、神情愉悅，像嬉鬧的禿鷲，也像負責降雨的使者。

錦繡最末端的圖案，洪徐玉鳳只打好底稿，尚未開始縫織，畫的是另一口巨鼎，與整幅錦繡一開始的那個鼎一樣巨大，不過卻是鼎口朝上。巨鼎內滿滿是水，許多樹木與房舍被淹沒在翻騰巨浪中，一些魚蝦跳出水面，看得出來洪徐玉鳳想要表達的是高興雀躍。

圍繞這幅巨型錦繡的上下左右，是用金線與紅線繡成的好幾個紅褐色陶罐。每一個形狀體積差異不大，這些陶罐有些擺放端正、有些傾倒，每個罐口都在冒煙。陶罐附近，洪徐玉鳳還繡了幾隻猴子，牠們有的好奇遠望陶罐、有的驚嚇於陶罐冒出的煙，有幾隻還拿樹枝去撥弄陶罐。

王勝邦一看到這些陶罐，立刻知道洪徐玉鳳繡的正是他與郭韋瑄、梁育廷、孫宏軍、吳子淳四個孩子頭頂上的夾砂紅陶罐。

洪徐玉鳳告訴王勝邦，這幅錦繡沒有圖譜可以參考，她不能像以前縫三國忠義故事，能在既有圖案中找一個比較喜歡的關羽的模樣，依樣重現；或是在縫魏伯陽煉丹成仙的傳奇時，看著父親留下的圖稿，直接縫製。

洪徐玉鳳花在這幅巨型錦繡上的時間，是過去的好幾倍，她告訴王勝邦，希望能在最後活著的這幾年，完成這幅彩繡。

「畢竟沒有傳人，天彩繡莊的繡工就到這兒了。」

「洪嘉枝呢？你女兒她不繼承這項技藝？」王勝邦問洪徐玉鳳。

「松哥跟我，沒有孩子。」

她或保安宮的老人都沒有聽過洪嘉枝這個名字。

洪徐玉鳳九歲那年，學校男同學惡作劇鋸斷課桌椅，當她坐下時，椅腳應聲折斷，洪徐玉鳳朝後跌坐，斷裂尖銳的椅腳插入她的下體，雖然緊急送醫保住性命，卻終生無法生育。

此後，洪徐玉鳳拒絕與人互動，除了到校上課，其餘時間都在家中不出門，洪徐玉鳳的父親從那時開始教她刺繡。

王勝邦離開保安宮的時候，感覺有些事物在腦海中清晰起來，他不確定是甚麼，不過，的確是一些曾經模糊得讓王勝邦感到困擾的事物。

他想起幾分鐘前，洪徐玉鳳在窗檯邊看著自己，一段時間之後，感慨說：「你都沒變，還是三十多歲的年輕模樣。」

距離保安宮幾百公尺近的道德院與保安宮一樣，外觀看過去，依舊維持著王勝邦印象中的模樣，但裡頭人們對王勝邦提出的幾個問題，卻都感到困惑。

坐在服務台裡二十歲出頭的工讀生，完全沒聽過王勝邦口中的何幼花，接連幾次用聳肩代替回答。輾轉詢問下，最後才來一位老道長告訴王勝邦，何幼花與她的丈夫江金和早已過世多年。

看起來已經七十多歲的老道長，臉色紅潤，聲如洪鐘，他說自己十八歲就在道德院學習誦經與各式各樣的科儀，發願成爲道士。當時何幼花的女兒江宛蓉是道德院中悟性最高的道徒。

他告訴王勝邦，那時自己很年輕，是道德院中年紀第三年幼的孩子，比他小的是一個十五歲的男孩，聽說從小受邪魔侵擾，體弱多病，被父母送來道德院學經強身；而另一個輩分最小的只有八歲，是一個女孩，她正是後來因江宛蓉無法接掌道德院，而從道德院開山宗長郭騰芳手中接下住持職位的三清太乙大宗師翁太明。

老道長記得，自己入院隔日的天亮早課，是他第一次見到江宛蓉。當時她才二十四歲，卻給他非常成熟的印象。

郭騰芳一生只收過十位徒弟，江宛蓉排行第五，雖不是道德院的首座弟子，但在老道長記憶中，她卻是除了郭騰芳與後來的翁太明之外，唯一站上講經台爲眾人講經的人。

那一天，江宛蓉開講前在台上一邊捲起道袍過長的袖子，一邊目光慈善銳利掃視全場，當她看見小她兩歲的老道長時，她停頓了幾秒，然後給他一個溫暖卻機靈的微笑。

那堂經解的是《道德經》第四十一章裡「上德若谷，大白若辱，廣德若不足，建德若偷，質眞若渝。大方無隅，大器晚成，大音希聲，大象無形，道隱無名」幾句，意思是：「崇高的德看來像深谷，廣大的德看起來像欠缺，剛健的德看起來像偷惰，質樸的德看起來像虛空。而道體也是如此，道體的存在，無聲無形無方所也不求成。道體把自己隱藏在無名中。」

這一整段內容，江宛蓉講得極慢，年幼的老道長發現自己竟能完全聽懂。

這是他第一次聽經，也是唯一一次聽經聽得這麼明白徹底。後來在老道長半世紀的修道過程中，他再也不曾聽到有人能像江宛蓉那樣講解經文，無論是《道德經》、《黃庭經》或《清靜經》，都精準易懂並且體悟深切。

當時，院內所有人都在傳言，道德院的開山宗長、同時也是道教太乙眞蓮宗開宗道長郭騰芳已屬意將住持大位傳給江宛蓉。

這個說法雖然最終未能獲得證實，但每個人都認爲，江宛蓉確實是繼承這間道教大廟的第一人選。就連當時的首席弟子，也在後來院誌的記載中提到，江宛蓉被當地人稱爲「道德仙眞」，道德指得是道德院，仙眞則是對修煉有成的道家人物的尊敬稱呼；換句話說，在鄉民心中，江宛蓉比她的師尊郭騰芳更像得道仙人。

26

這本道德院誌老道長看過，裡頭除了記載道德院從開山以來的大小事，還清楚記錄許多江宛蓉的事蹟。其中最令老道長印象深刻的兩則，是江宛蓉「雞鳴渡海」，與「天仙歸元」。

前一則是江宛蓉三十歲發生的事。

那一年，郭騰芳的第三弟子羅患一種怪病，每夜全身發冷、指尖紅燙，撐開眼皮檢查，會看到他的眼球黑色部分，蒙上了一層乳白色薄膜，像角鴞夜啼時翻動眼睛的顏色。

這些病徵一到隔日天亮便全部消失，完全看不出前一夜生病，只是一入夜，又開始週而復始的折磨。

那個時候，中西醫全部束手無策。兩個多月後，其中一個反覆爲病人看病四次的年輕中醫師提出自己的論點，他認爲是陰身寒症。

他告訴郭騰芳，陰身寒症不同於一般寒症，是指病人的靈魂受到陰邪之氣侵擾，所以全身寒冷。而做爲靈魂進出人體出入口的手指尖端，尤其小拇指，會因爲靈魂受苦而發紅、發燙。這時病人也會出現類似死亡、眼球表面浮現白膜的情況，很多醫生會因此判斷藥石罔效，而放棄治療。

年輕中醫師試著開立一帖藥方，內容包含十多種藥材。郭騰芳看過後發現全部都不難取得，除了金眶蟾衣。

一般蟾蜍眼睛周圍的線條是黑色的，偶爾因爲變異，會出現白色眼眶的品種，而金色眼眶的蟾蜍，郭騰芳聽說只在大陸湖南才有，他無法確定是不是眞實存在的生物，或只是模糊記憶中的傳聞。金眶蟾衣指得是金色眼眶蟾蜍自然蛻下的皮。

每隔一段時間，蟾蜍會蛻皮一次，這層皮非常薄，幾乎透明，《本草綱目》稱爲「蟾寶」，是具有扶正固體、攻堅破邪等安神奇效的罕見藥材。由於蟾蜍會在蛻皮之後，立刻將蟾衣呑下肚，因此一般人在日常生活中，幾乎沒有任何機會看見蟾衣，而這也是這項藥材珍貴的原因。

當時，老道長與年紀排行最小的翁太明負責當月的打掃勤務，兩人每天雞鳴天未亮，就必須比其他師兄姊早起，將道德院前後殿、三層樓，及院前廣場掃過一遍。

由於翁太明年紀還小，老道長怕她碰壞東西，也怕她太累，分工的時候，自己負責後殿三樓的萬神總元殿、後殿二樓、左右側的講經大道場、圖書室、後殿一樓、後殿一樓旁的太乙神宮、對外圖書室，以及無極聖殿內殿、前殿；翁太明則清掃無極聖殿左右側的眞武殿、萬燈會斗姥殿、祖師殿、紀念堂與院前廣場。

老道長那夜睡沒多久便被雞啼吵醒，四周仍一片漆黑，他以爲天亮得早，便趕緊起床準備打掃。當他摸黑穿衣服的時候，老道長發現雞叫的聲音跟往常不太一樣，那天的音調較高、音量較小，而且鳴叫非常久。

直到老道長穿好衣物套上鞋子，雞的叫聲依然持續不間斷，只是聽得出聲音越來越遠。

他跟著鳴聲走出院門，看見師姊江宛蓉墊高腳尖，站在金獅湖畔的護欄上，仰頭朝天發出剛剛一直聽到的雞啼聲。

接著，江宛蓉雙手環抱胸口，往湖面一跳，像鷺鷥鳥一樣，劃破水面直飛而去。

老道長返回院內，時間是凌晨一點，他爬回床上昏昏睡去。

隔日，翁太明叫醒老道長的時候，全院已經打掃過。睡老道長下鋪的三師兄正讓江宛蓉餵藥喝，那是用金眶蟾衣與龜板、石斛、酸棗仁、紫石英煎成的藥湯，氣味腥烈難聞。

這件事被稱爲「雞鳴渡海」，詳細記錄在道德院的院誌內。大家確信江宛蓉搬運法術，連夜往返台灣高雄與大陸湖南一千多公里。文末也記載江宛蓉取得蟾衣的方法：把即將蛻皮的蟾蜍放入水中，以避免蟾蜍蛻皮後吞食蟾衣。

老道長告訴王勝邦，雞鳴渡海後，道德院後面山坡的蟾蜍總在蛻皮時自己跳入湖內，等蛻皮之後再跳回岸上。因此每逢初二早晨，郭騰芳會要大家拿網子打撈金獅湖，撈起的蟾衣排在廟埕曬乾，然後賣給藥材行。過去曾有一段時間，道德院是全高雄藥材行唯一的蟾衣來源。

院誌記錄關於江宛蓉的另一件事是「天仙歸元」。

道教人士依修煉程度，區分不同品位，包括：死亡時，神意內守，產生陰神的鬼仙；或修煉得返老還童、肉體堅固的人仙；或證得長生、增壽無量，比人仙更高一層的地仙；或煉化陽神，心神達到無生無滅階段的神仙；或最上層的天仙。天仙俗稱大羅天仙或金仙，是修煉最高的品位，到這個階段，修煉的人神光普照，能化身萬千，元神與天地同存，長生不滅。

江宛蓉三十六歲那一年，開始她第一次閉關修行。

當時郭騰芳的其他九位弟子還沒有人閉關修煉過，那間位在太乙神宮後面靠山壁的閉關室，除了郭騰芳在七年前、十一年前各使用過一次，便不曾有人進出。

那個時候，老道長三十歲，與其他八位師兄姊一起恭送江宛蓉入閉關室，他們之中年紀最大的接近六十歲，是用羨慕與惆悵的眼神看江宛蓉面壁背門，盤腿坐上蒲團。

郭騰芳在江宛蓉坐定後，親自為她戴上一頂特地為她新縫製的道冠。這次閉關，江宛蓉預計三年後出關，郭騰芳也打算屆時將道德院住持的位置傳給她。

接著，郭騰芳退出閉關室外，手掐法印、口念咒語、踏罡步斗，調派天兵天將，保護修煉人。科儀結束後，閉關室的門關閉上鎖，同時貼上符籙，嚴禁任何人進出，三年後這道門才會破封打開。江宛蓉閉關期間，每天中午，當月輪值打掃的師兄姊會從閉關室門下的小孔送進食物與飲水，一天一次。

老道長告訴王勝邦，那三年，道德院的日常作息與往常並無不同，唯一改變的是，以前每天早上由江宛蓉負責解經的早課，改成翁太明主持。

翁太明是郭騰芳排行第十、年紀最小的弟子。十二年前，老道長皈依道德院後沒多久，翁太明也拜入郭騰芳門下，當時這個小師妹才八歲，聰明而且勤奮好學。十七年後，她以二十五歲的年紀，成為全台灣第一位通過三十六層刀梯的女道長。

許多年以前，包括道德院、覆鼎金地區所有人都在猜，江宛蓉與翁太明誰會是將來道德院的住持。郭騰芳當時曾問江宛蓉，想不想也完成道士考核。江宛蓉告訴她的師父：

「那一天終究會來的。」

但其實，江宛蓉一直沒有參加考核，她是郭騰芳十位門人中，唯一不具備道士身分的弟子，卻是道德院內繼郭騰芳之後第一個站上講經大道場、第一個使用閉關室的人。

三年後，江宛蓉出關那天一早，天候很差，雲層很低，不時吹起的強風好幾次把院前廣場給信眾看的布達看板吹倒。到處都黑漆漆的。

上午十點早課結束，郭騰芳帶著九位弟子到閉關室。由於閉關的木門太久沒有使用，門與天花板相接之處全是蜘蛛網與灰塵，門上的金屬鎖釦也潮濕生鏽。幾個師兄姊發現木門角落甚至長出青苔與植物，開著像滿天星一樣的小白花。

大家都覺得那幅景象不該只是過了三年，而是三十年。

大家在閉關室前布設香案之後，排成三行三列的整齊隊伍，在郭騰芳帶領下開始朗誦疏文。內容是上稟天庭江宛蓉出關的事，同時也答謝眾神庇祐。

疏文念誦完畢，天色更加昏暗，方向混亂的大風讓所有人的道袍翻飛，發出吵雜聲。郭騰芳一直用手按住自己的道冠。

用來打開閉關室鎖頭的鑰匙，因爲鎖孔鏽蝕嚴重，一插入便卡住。郭騰芳叫人用鎚子直接破壞鎖釦。

十幾分鐘之後，鎖釦脫落。

當時的大風，將原先放在香案上的獻花供果、法器、經書吹落，符籙也被吹得到處飛。

郭騰芳的大弟子代表道德院恭迎江宛蓉出關，愼重拉開已經開始腐爛的木門。

27

老道長說，閉關室打開的那一刻，所有人都聞到一股非常老舊的水味。

大家伸長脖子往前瞧。閉關室內無窗，加上當天天色昏暗，根本甚麼也看不見。

當時的情況，老道長記得很清楚，郭騰芳壓低道冠準備走進閉關室，才走進一步，他們的師父就停住不動，大家都聽到他口中倒吸一口氣，然後撲通跪倒。

大弟子與二弟子站上前接住郭騰芳的時候，也發出驚嘆。

閉關室內沒有人，江宛蓉入關時穿的道袍與那頂新縫製的道冠，整齊摺疊放在地上。

所有師兄姊看師父郭騰芳跪地伏拜，也紛紛跟著跪下。

道德院院誌記載，當時，吹了一上午的怪風突然停止，烏雲裂開，天光映照。郭騰芳與道德院所有人都知道，江宛蓉已經修煉圓滿、悟得正道，化身萬千，所以無在也無不在，後來覆鼎金的居民提到天仙歸元，指得就是這件事。

十二年後，郭騰芳將道德院住持大位傳給當時三十五歲的翁太明，再隔年，翁太明成為道教太乙眞蓮宗首任大宗師，並廣收三千多位弟子。

閉關室後來成為道德院聖地，江宛蓉的衣物與當初靜坐的蒲團留在原處不曾更動，信眾參拜過道德院各殿後，一定會特地繞過來參觀。

王勝邦跟著老道長來到閉關室，也跟所有人一樣，在閉關室門口的紅錦繩前，探頭往內看。

他問老道長，牆上模糊的壁畫是誰畫的。

老道長回答，江宛蓉歸元那天後，閉關室的水泥牆面逐漸出現奇特的暗紋，這些暗紋顏色較深，就像水流經乾的水泥地面後，一定會造成的深色紋路，只是這些暗紋是乾的。

剛開始所有人都看不出暗紋的圖案，幾個月之後，大家才明白牆上日漸清晰的暗紋畫有：五個陶罐、倒翻過來的鼎、清代知縣曹謹指揮治水、眾人開挖曹公圳、傾盆大雨、巨鼎內淹滿水產生巨浪；此外，還有一個連接幾個地方的蛛網密布圖。

老道長告訴王勝邦，這些圖案這幾年越來越清楚，彷彿是人畫上的。

兩百年前，台灣在清政府的政策下開始墾荒，但由於台灣地形陡峭、蓄水不易，各地常見水源不足以灌溉的情況。清廷派遣官員，陸續在台灣西部建設八堡圳、葫蘆墩圳、瑠公圳、曹公圳等四圳；而後來，日治時期總督府工程師八田與一所築的嘉南大圳，更取代了葫蘆墩圳，成爲台灣四大圳。

這四條圳，有的是地方人士籌款協助建設、有的是政府出資派員修築，每一條圳的負責人在日後都受到地方居民的歌詠讚揚。

負責建造曹公圳的曹謹是所有圳川中，最受景仰的一位，後人不僅以他的名字制定路名、設立學校，更設曹公祠紀念。而且，這座曹公祠內原本供奉的曹謹公長生牌位，後來也改爲金身神像，升格爲曹公廟。

曹公圳加總全長四萬三百六十丈，能灌溉三千多公頃土地，使高雄屏東的農作，由一年一收增爲兩熟。

老道長說，曹公圳開挖的時候曾發生一件奇特的事：當時，曹謹看中大埤與草埤仔這兩個天然埤塘，能在旱季作爲天然水庫，調節排水、灌溉農田，便即刻命人在下游山凹處開鑿，建築水閘。

第一天收班休息時，數百名工匠已順利挖出渠道，只是經過一夜，這條渠道竟恢復原狀。當時曹謹與所有工匠心中疑惑，但誰也不敢多說話，只是依照排定工程繼續施工。

到了第三天，第二天挖鑿的溝渠又恢復原狀，一連幾天都是如此。曹謹認爲事情不單純，找來一位乞丐，讓他連夜看守工地後才知道，赤山庄這裡躲藏一對龍精母子，修煉千年，這口大埤是他們休息的地方，因此每遇施工，龍精母子便施展法術將挖土回填。

曹謹暫停工程，命令所有工匠四處收集一百九十二種香料，包括中藥材料、烹飪用料、花卉香草。這些香料連夜往山裡搬運，在美濃月眉山、橫山一帶按曹謹的指示埋進土中。

後人發現，曹謹埋放香料的位置，與天上星宿的排列方式相同，他想藉由香料的氣味引開龍精母子，並再以星辰的力量鎮住。

重新開挖那天，收工的時候，曹謹將銅針與黑狗血一併埋入鑿好的地洞中，並請附近所有居民盡早就寢，半夜無論聽到甚麼聲音，都不要理會，也不要開窗查看。

老道長說，很多老一輩的居民都記得，那個晚上子夜剛過，窗外吹起狂風，然後是驚人大雨。

狂風大雨交錯中，不知道是甚麼發出的巨響震耳欲聾，其中還夾帶銅鈴搖晃的聲音。那場狂風暴雨持續兩個多小時才結束，家家戶戶的窗口門縫都聞到一股溫暖的血腥味。

隔日眾人查看工地，發現地上的血水一路流往山區，走的正是香料搬運的路線，最後那道血水停在埋放香料的地方。

據說，那個時候，美濃地區曾有人親眼看見身形巨大、全身黑鱗的龍，跨躺在橫山與月眉山之間。這隻巨龍身上纏繞著另一條僅成人手臂粗的小龍，他們渾身是血，翻滾一陣子之後，慢慢沉入土中。

兩條龍消失的位置，就是後來美濃區龍肚國小、龍肚街、龍東街、龍欄街、龍闕、龍欄窩這一帶。

而且，幾十年之後，有風水地理師發現，曹謹開挖的那個山凹處，是地理龍脈咽喉的位置，能帶來充足水源，幫助農作耕種。

這件事之後，整個高雄、屏東地區的人們都確信曹謹是神明所派，尤其曹公圳完成，解決原先各地的荒旱問題。當時台灣知府熊一本爲表彰曹謹的功勞，特別將圳道命名爲曹公圳，親自撰寫〈曹公圳記〉，並立碑紀念，升任曹謹爲淡水廳同知。

曹謹在台灣一共任官九年，結束台灣的官職後四年，他因病去世。高雄鳳山的人們設立曹公祠紀念曹謹，每年中秋節一定盛大祭拜。

日治時期，台灣總督兒玉源太郎尋訪高雄，看曹公祠年久失修，自掏腰包捐款整修，並改每年固定祭典時間爲十一月一日。

王勝邦離開道德院，前往郭韋瑄父親也就是鼎金里里長郭科星家的途中，想起老道長最後告訴他的兩件事。

第一件事是，曹謹開圳當時有五位重要人士協助，他們分別是曹謹的幕僚林樹梅、巧匠楊號、地方士紳歲貢生鄭蘭、附生鄭宣治、增生鄭宣孝。

林樹梅學識淵博，在曹謹還在福建擔任知縣時，就是他的得力助手，來到台灣陪同巡視高屏一帶的饑荒災情時，也是他獻策開圳。

巧匠楊號則是鳳山當地人，是難得一見的天才，精通算數、機關設計，尤其擅長測量，曹謹開圳過程中都是由他測量設計，他被任命技師長，負責水圳工程設計與監工，當時楊號常對人說，下淡水溪底的走向與城裡龍山寺的廟脊相齊，一百多年後，下淡水溪進行整治，用精密的現代儀器測量後發現，楊號當年所說的一點都沒錯。

而歲貢生鄭蘭、附生鄭宣治、增生鄭宣孝，在曹謹升任淡水廳同知後，根據先前開圳經驗，另在下淡水溪九曲塘曹公圳水門舊圳上游開鑿新圳，舊圳加上新圳，曹公圳的灌溉總面積成為古四圳中範圍最廣的。

第二件事是，老道長從來沒聽過梁育廷這個名字。

道德院開山五十多年來，他與九位師兄姊一直在院內，不曾有人知道有這麼一個孩子，但沒有人不認識何幼花。

何幼花是江宛蓉的母親，她的丈夫江金和是地方上公認的智者，很多人相信，江宛蓉的聰穎天才是遺傳父親的智慧。

老道長說，何幼花寫一手非常漂亮的字，經常幫忙道德院謄寫疏文公告。每逢初一、十五何幼花一到院裡，會先到前殿拿筆墨工具，然後再到眞武殿架鐵桌，開始抄寫的工作。通常一張大型公告能耗去何幼花一上午的時間。中午她才與住在道德院的女兒一起用齋飯，如果沒有其他事，飯後何幼花便離開。

江金和則不常到道德院，偶爾他會來院內接何幼花，那個時候才與江宛蓉寒暄幾句。老道長印象中，每次師父郭騰芳見到江金和都格外禮敬，他曾告訴十位弟子，自己擁有的知識智慧遠不及江金和。

後來，江宛蓉天仙歸元，郭騰芳將道德院住持傳位給翁太明，他在十二年後仙逝前，在閉關室對眾信徒感慨，自己修煉一輩子，卻不能達到成仙的境界。那次是他最後一次前往江宛蓉歸元的閉關室。

28

王勝邦到郭科星家後，發現以前釘掛鼎金里里長服務處鐵牌的牆面空著，這一小塊洗石子牆面的顏色特別白。

郭科星的屋子看得出來，已經很久沒人居住，到處長滿青苔與蕨類。王勝邦沒有停留很久，便改往覆鼎金公墓。他記得郭科星妻子的弟弟張有隆住家的位置，認爲也許能在那邊找到郭科星，甚至郭韋瑄。

郭科星見到王勝邦的時候笑得合不攏嘴，九十多歲的臉皺成一團，彷彿在哭。

他用非常緩慢的步伐領王勝邦到屋內坐，並堅持要親自爲王勝邦倒水，不要張有隆幫忙。

張有隆告訴王勝邦，他的姊夫年紀越大，待人越客氣，尤其他姊姊張上蕙過世後，更是如此。

張上蕙在二十九年前因爲肝病過世，跟張有隆妻子汪姿妹腦癌的情況不同，張上蕙幾乎是猝死的，當時發現身體疲倦虛弱，送醫後四天就離開人世。

這個意外對郭科星的打擊非常大，那一段時間，郭科星甚至沒辦法說話、沒辦法正常過生活，幸虧郭科星過去連任六屆鼎金里里長，人面廣、關係好，加上他一直以來爲人善良仁慈，發生事情時，鄉里許多人都出面幫忙。

張上蕙的後事由弟弟張有隆全程處理。事情結束後，張有隆將姊夫郭科星接到自己家中照料。郭科星的里長職位在第六屆結束，之後沒再繼續參選連任。

往後的三十年，他與張有隆一起從事殯葬工作，不過有更多時間，郭科星還是做鄰里公益的事，就像以前擔任里長時一樣。

郭科星說話的時候喘得很厲害，他說從前年開始，肺就像破個洞，氣吸不滿，一口氣說不完一段話，而且半夜咳很凶，有一次還以爲自己就要咳死。

郭科星斷斷續續向王勝邦說這幾年發生的事，大部分內容因爲郭科星停頓喘氣而說不明白，得靠張有隆補充，王勝邦才能聽懂；唯有一句話，王勝邦聽得很清楚，那是他離開張有隆住屋時，郭科星遺憾說的：「可惜阿蕙跟我沒囝仔，活這一生像眠夢。」

張有隆帶王勝邦走了一趟覆鼎金公墓，他告訴王勝邦，自己這一輩子都在幫人料理後事，從替人堪輿找風水看墓地、負責所有喪禮程序、扛棺下葬並進行掩埋造墳，到幾年後撿骨洗骨，將往生者的遺骨排入罈內，張有隆幾乎包辦所有殯葬事宜，除了法事祭祀與主持奠禮得靠師公、司儀。

他說，覆鼎金公墓這座山頭好幾百年，甚至好幾千年前就存在。

他曾聽同業說，一兩千年前，這個地區的史前文化居民就將這塊土地當作墓地，所有的往生者都在這裡下葬。當時的人們認爲死亡極爲神聖，只要善待死者，死者的靈魂會重返世間照顧家人，保佑農作豐收與狩獵平安。

因此，他們挖掘洞穴置放亡者，而不是掩埋他們。

這些洞穴都是成人體型可以步行進出的挑高高度，裡頭空間寬敞、地面平坦。亡者被他們的家屬整齊放在地面，一個洞穴最多能容納八至十個人，往往在同一個洞穴裡的這些亡者，生前都不是親屬家人，而是幾里外不認識的陌生人。

死後大家放在一起，他們認爲這是新的家庭，原本不相識的亡魂，透過死亡，大家結識並共同保護家園。

這種亡魂與人共同生活的觀念一直在這個地區延續，幾千年經過，改變不大。

後來，這樣的觀念演變成當地人認爲死亡是人的第二次成年禮，就像從兒童轉變爲成人一樣，只是一種轉變。當時大約是南宋時期，澎湖島上已經有漢人前往開墾，宋孝宗正式駐兵澎湖，同時派員到台灣查看，發現島上的居住者會用慶典的規模來慶祝死亡。

這些人們用花朵、染料、有顏色的石子爲往生者打扮，並在他的身邊燃燒氣味強烈的植物，連續好幾天圍繞著亡者唱歌跳舞，到了晚上，他們就在往生者身邊躺下入睡。因爲每個人都盛裝打扮躺在一起，好幾次，甚至讓查看當地風俗的宋兵分不出哪些是活人，哪些是死人。

宋人趙汝适寫的《諸蕃誌》內提到，台灣早期的住民認爲人的一生需要經歷兩次轉變，第一次是肉體上的變化，從兒童到成人；第二次則是靈魂上的改變，從拘禁中解放自由。這兩次轉變都值得慶祝。

死亡慶典每次舉行總會持續一個月以上，最後才由亡者家屬帶領亡者前往墓地安放，通常原住民在安置好亡者後，還會在墓地與往生者同睡幾天才離開，就像搬入新屋，家人會待上幾天，幫忙適應新環境。

覆鼎金墓區這座山頭，一開始只有幾個區域作爲墳地之用，後來這些區域逐漸擴大，經歷一、兩千年，不同種族人們的開發，最後整個山頭都成爲墓地。

張有隆告訴王勝邦，有人跟他說，這座山原本並沒有這麼高，是幾千年來不同墳塚層層往上疊，大量遺骸堆積，才形成現在的高度。

王勝邦跟著張有隆登上墓區山頂，居高臨下，他發現自己記憶中原先對這個地區的模糊印象，逐漸鮮明清楚。

山頂有一座頗具規模的日式納骨所，籠罩在兩株大榕樹樹蔭下，占地約一個籃球場大小。納骨所的外型彷彿小型碉堡，裡裡外外都由堅固整齊的岩石作爲建材，連在日本神社一定會看見圍在四周的紅色木圍柵，在這座納骨所也是以石條組成。

張有隆帶王勝邦繞到納骨所正後方，用鑰匙打開一扇上有橫鎖的雙開石門。

這是納骨墓室的入口，門打開的時候，王勝邦聞到一股古老的水味，就像金獅湖底地窖的味道一樣。

墓室內沒有對外窗口，裡面一片漆黑，兩人進入墓室後，張有隆拿手電筒朝牆面照，王勝邦才看清楚，整個墓室內的牆面上布滿刻工細膩複雜的石雕。

這些圖案的形態與表現方式，雖然與保安宮洪徐玉鳳的刺繡，或道德院江宛蓉閉關室天然成形的壁畫不同，但仔細觀察，卻能發現圖案所呈現的內容是一模一樣：五只束口陶罐、開口朝下倒翻的巨鼎、清代知縣曹謹身著官服指揮開圳、百人施工開鑿圳道、連接幾個寺廟墳墓的網狀線路圖、傾盆大雨水淹覆鼎金，以及裝滿大水甚至起浪的巨鼎。

張有隆說，昭和三十二年，日本政府爲了整理散落在台灣的日本人遺骨，大使館積極協同台灣政府進行墓地建造與遺骨蒐集，四年後全部完成。

牆上的這些石雕是當時日本人蓋墓時留下來的，包括墓所前大約兩個人高、刻有「日本人遺骨安置所」字樣的石碑，與碑前石製的祭台、香爐、花座、階梯兩旁的石燈籠、淨手用的石槽，也都是出自日本工匠之手的雕刻。

這些石製雕刻每一件都非常精緻，即使不是複雜的圖樣，也能從精準的切割與精細的打磨看出石雕的品質。此外，當初製作雕刻時，日本人也將戶外石雕長時間受風吹雨淋的因素考慮進去，明顯可見室內外雕刻的複雜程度不同，納骨墓室內的圖案相當複雜細微，而室外的則一律典雅大器。

當王勝邦在墓室內仔細查看石雕時，他再次聞到古老的水味。

張有隆告訴他，眼前的石雕二十幾年前曾被偷，並發生了一件奇特的事。

那個時候，墓室沒有特定單位負責管理，加上爲了讓留在台灣的日本人方便納骨，也沒有上鎖，任何人都能自由進出。

一年冬天農曆年前，有善心人士來墓室打掃整理，發現牆上原有石雕的區域，整面像切豆腐那樣凹陷下去。大家檢查後推斷，是被用鋒利器材切割偷走的，而且應該是偷去販賣。

覆鼎金墓區當時有兩位扛棺四十多年的土公仔、一位七十歲的風水師、一位從小就跟著父親學撿骨的老師傅，及一位五十多歲負責造墳的土水師。為了避免偷竊事件再次發生，五個人請來鎖匠幫日本納骨所裝鎖，鑰匙大家一起保管，幾年輪流一次。

幾天之後，里上有人到隔壁村採買年貨，在市集上看到一個賣木雕玩具、年節鬧鼓、首飾珠寶盒商人的貨車裡，竟裝著分切成七片的墓室石雕。

這個商人當場被捕，大家都笑他傻，不知道要將石雕賣到別的地方，要不就是膽子忒大，竟敢在這附近販售石雕，畢竟，這一帶有誰不知道那是日本納骨所內的雕刻。

七片石雕運回納骨墓室後，暫時放在地上，五個墓區的師傅打算年後請人黏回去。年初十六，大家回到墓室發現，這些石片全都長出又厚又綠的青苔，這些青苔的根部緊緊咬住石雕表面，用刀子也無法刮除，幾個石雕比較細微的部位，譬如線條、人物手指、雨絲，也因為青苔生長已經開始碎裂。

五個人將石片移至戶外曝曬，請人看守。幾週後，青苔雖然全數枯死，但原本生動立體的石雕圖案卻也跟著磨損脆化，用手輕輕觸摸就碎成粉末；最後，他們只能將這些石雕當廢棄物處理。

由於發生石雕被竊，加上大多數日本人遺骨都已經完成安置，後來有一段時間，沒人再進出納骨墓室，直到隔年過年之前，撿骨的老師傅開門入內打掃，發現被挖去凹陷的牆上，竟長回石雕。

這些石雕彷彿香菇從木頭中長出一般，許多細節還不俐落，但看得出正在成長。其他四位師傅趕到，看完後大家決定把門鎖回去，過一陣子再看看有甚麼變化。半年後，大家看到石雕的圖案，長得與之前被偷的石雕圖案一模一樣，連精緻細膩的程度也完全相同。

唯一與舊石雕不同的地方是：新的石雕因爲是從被挖走的牆面長出來的，因此位置明顯較爲凹陷。

當時，除了撿骨師，沒人願意再保管鑰匙，他們認爲自己已經激怒某些事物，這個異象即是警告。而唯一保管鑰匙的這位撿骨師，就是張有隆的祖父。

29

離開覆鼎金墓區之前，王勝邦先繞到山坡的另一頭查看。他記得很久以前，孫宏軍提過自己的叔叔、嬸嬸，但其實是自己父母的孫順賢、林秀英也住墓區內從事殯葬工作。

王勝邦憑印象在墓區的另一側找到幾間住屋，不過都已經荒廢許久。這些住屋門窗破爛、長滿雜草，屋內散亂著玻璃碎片與垃圾，根本無人居住。他在附近徘徊了半個多小時，覺得整個墳區山頭，似乎只剩下張有隆跟郭科星居住。

當王勝邦離開墓區，下了山，才察覺一直讓自己感覺不協調的事是，與郭科星相比，張有隆的模樣似乎太年輕了。

理論上，只比郭科星小幾歲的張有隆，應該也有八十多歲，但他的樣貌看起來大概只是六十多歲，甚至更年輕。

最後，王勝邦來到澄清湖邊。他記得養大孫宏軍的父親孫順達，曾在澄清湖負責觀光渡船，只是那個位置已經改成電動遊湖船出租，從破舊的帆布招牌與歪斜的護欄看來，已經荒廢了好一陣子。

整個澄清湖入夜後一片黑，周邊的道路也沒有路燈照明，唯有的光亮是來自遠處湖畔的餐廳。

澄清湖比起金獅湖或左營區的蓮池潭，它的面積最大，蓄水量也最驚人，同時也是全高雄的第一大湖。王勝邦記得金獅湖旁道德院的老道長告訴過他，當年曹謹費盡心力驅走龍精母子，爲的就是能引大埤與草埤仔的湖水入圳，這個大埤指的就是澄清湖，又被稱作大貝湖，當地人都知道幾千年來是龍精母子休息的地方。

王勝邦在黑夜中來到唯一亮燈的湖畔餐廳，門開的時候，是對方先認出王勝邦，她說：「王老師，你都沒變。」

她是朱添梅，孫順達的妻子，養大孫宏軍的母親。

朱添梅已經八十多歲，整個人背脊前彎站在門前，從側面看去的模樣彷彿一尾熟蝦。

王勝邦回答她，那是因爲她老了，所以看其他人會覺得他們像沒改變。

「能變老才好，不是嗎？」王勝邦最後補了這一句。

「別唬弄我，雖然我知道的有限。」朱添梅說。

朱添梅說話時的笑聲引來另一個同樣年紀的女人，她是鄭淑娟，吳子淳的乾媽。鄭淑娟扶著一張一張的椅子走到門前，她的背同樣彎曲，一說話便不停咳嗽。

鄭淑娟在朱添梅面前慢慢轉過身，讓朱添梅以解開禮物盒繩結的方式，拉開自己身上圍裙的蝴蝶結。

這個時候，王勝邦注意到，兩人身上各穿了一件同款不同花色的圍裙，鄭淑娟的是粉紅淺咖啡色格紋，而朱添梅則是黑白豹斑的花色。

王勝邦一開始並不記得自己曾看過這兩條圍裙，是直到鄭淑娟脫下圍裙，轉過身，也幫朱添梅拉開圍裙背後的蝴蝶結，他才想起，過去有兄弟般交情的好友溫文仲，曾買過一樣花色的圍裙。

當時，溫文仲想買圍裙送心儀的對象唐麗芳，但因爲顏色拿不定主意，索性將百貨公司架上同款的六色全部買回來問王勝邦意見，其中有兩件，花色正好與鄭淑娟與朱添梅身上的一模一樣。

朱添梅在鄭淑娟的協助下，也脫掉圍裙，這時，後來才到門口的鄭淑娟才看到站在一旁的王勝邦。

她先是微微一愣，馬上恢復原有表情，然後以極緩慢的速度朝王勝邦微微點頭，並露出有修養的老婦人才會露出的典雅笑容。

朱添梅與鄭淑娟將王勝邦留在門外，雖然老得幾乎無法快速走動，卻仍堅持爲他回餐廳內叫溫文仲出來見最好的朋友。

溫文仲在餐廳中央聽到兩人口齒模糊的叫喊，不認爲她們知道誰是他最好的朋友；況且，他認爲自己正在忙，沒空理會。

王勝邦從店外透過玻璃門，看溫文仲弓背哈腰，在空無一人的餐廳座席間打轉。餐廳一整晚生意下來，每張桌子都堆滿尚未收拾的髒碗盤，他從這桌走到那桌，穿梭其中，好像客人還沒走，自己正忙著招待坐滿的客人。同時，王勝邦也看到另一個溫文仲站在餐廳的角落，他記得那是溫文仲童年時被吊鬼勾走，後來一直在溫文仲身邊遊蕩的靈魂。

五十年前，溫文仲頂下這間餐廳，一開始只有自己一個人張羅，憑著粗淺的廚藝勉強支撐，從供應四種套餐，到十種、十五種，後來甚至開始經營午茶時段。這對一位年輕所學、出社會工作接觸全是測量、算數的都市更新評估員而言，相當不容易。

幾年後，朱添梅與鄭淑娟才來餐廳幫忙。

溫文仲經營湖畔餐廳之前，與另一位評估員唐麗芳一起負責覆鼎金的都市更新計畫，唐麗芳的年紀比溫文仲大一些，朱添梅與鄭淑娟也是如此；因此，溫文仲雖然是餐廳老闆，但對她們兩人很有禮貌，就像對待自己的姊姊一樣。

大約是在她們五十歲的那一年，朱添梅與鄭淑娟兩人開始交換著不讓溫文仲知道的祕密。

她們會在午茶時間結束、準備換成晚餐時段的空檔，輪流到湖邊的棧台上伸長身體往湖裡看。每天如此。如果遇上傍晚太忙，她們會在晚餐時間過後的九點做這件事，即便當時天色已經太暗，兩個老婦人依舊會走一趟。

溫文仲雖然困惑，卻不曾查問她們看甚麼。直到後來，他才終於明白。

王勝邦被朱添梅、鄭淑娟邀進玄關，看見這裡掛了一張溫文仲與自己的合照。照片中，兩人都很年輕，只有三十多歲，互相搭肩，笑得很開心，背景陽光燦爛，是整個高雄的俯瞰。

王勝邦記得這張照片，那是有一次，溫文仲趁假日帶了啤酒過去找他，兩人一起騎車上松藝路，在高雄高爾夫球俱樂部最高的路段，翻牆偷溜進去球場喝酒聊天拍的。

那座高爾夫球果嶺面對澄清湖，地勢最高，而且這一區球場並無樹木，視野一望無際。

朱添梅推王勝邦靠近照片，加以比對王勝邦本人與照片的模樣，然後轉頭向鄭淑娟說眞的都沒變。

「一點都沒變。」

朱添梅告訴王勝邦，四十多年前澄清湖渡船發生一件意外，一對年輕夫妻帶著小孩搭船遊湖，途中發生爭執，丈夫大喊要把妻子推下湖，許多遊客上前勸說都被他揮手推開。那一天，孫順達請病假，負責駕船是他的同事，他看場面越來越火爆，決定趕緊將船開回岸邊。

就在遊艇開始加速，準備急駛返航時，船尾傳來眾人驚呼，那對夫妻的小孩落湖了。孫順達的同事心想救人要緊，連忙打舵回轉，沒想到意外發生了：船的螺旋槳打中小孩的臉，湖水一片血紅。當救援人員把小孩拉回岸上時，他已經沒有生命跡象。

這件事發生後，孫順達辭掉船駕駛工作，與妻子朱添梅一起到溫文仲的餐廳打工。

朱添梅告訴王勝邦，幾年前孫順達爲了整理餐廳甲板區的座位地板，不愼落入湖中溺斃。很多人安慰朱添梅說，孫順達一輩子都在澄清湖旁工作生活，發生這樣的事就好像回到湖的懷抱，不應該太過悲傷。

王勝邦問起孫順達的弟弟孫順賢與林秀英，並告訴她，自己下午走了一趟覆鼎金墓區，發現那邊多半荒廢無人居住。

原來，一直住在墓區與妻子林秀英一起從事殯葬工作的孫順賢，幾年前已經過世，兩人都是在睡夢中離開的，相隔不超過三年。孫順賢個性忠厚、待人誠懇，他們的後事立刻讓這附近的幾個土公仔接手處理了。但他們生前住的那間鐵皮寮，因爲沒有小孩能繼承，只能空在那邊。

朱添梅也說，如果自己跟孫順達有孩子，就能幫忙照顧那間屋子。

在玄關閒聊過程中，鄭淑娟坐在旁邊沒插話，偶爾點點頭。

等朱添梅說完，鄭淑娟才告訴王勝邦，自己的丈夫吳木山在幾十年前的一場大雨裡，因爲搶救飼養的鴨隻，不幸跌進鴨寮水池中溺死。他們所養的千隻水鴨也在大雨過後全部不見。

那場雨很驚人，雨勢大，下了很久，各地後來都出現無法彌補的損害。最嚴重的損失包括幾個村子地層下陷、道路橋梁毀壞，以及持續半年的時間農田無法栽種任何作物。

雨足足下了一兩個月，結束後，鄭淑娟將吳木山的後事辦妥，看著被大雨破壞的鴨寮，心中悲痛卻慶幸自己與吳木山沒有後代，否則面對這樣的殘局再帶個孩子，鄭淑娟害怕自己沒有勇氣活下去。

那個時候，鄭淑娟曾一度考慮遁入空門，但因爲還有吳木山的父親吳通需要照料，鄭淑娟最後選擇在餐廳工作。

她每天把沒有生活能力的吳通帶到餐廳，一天忙完後，再帶他回家。餐廳裡的溫文仲、朱添梅、孫順達都知道吳通失智的情況，已經到達該送療養中心的程度，但鄭淑娟是覆鼎金有名的孝媳，過去一直幫吳木山照顧吳通，無論大家怎麼勸說，鄭淑娟還是堅持自己的作法，一邊辛苦賺錢，一邊照顧他。後來吳通過世，鄭淑娟搬進餐廳宿舍與朱添梅作伴。

30

鄭淑娟與朱添梅因爲年紀太大，都不記得那場大雨的年份，她們只記得曾有過一場驚人的大雨，下了很久。

王勝邦告訴朱添梅，他想跟溫文仲見面說說話。

朱添梅想了一下，轉身進入餐廳，走到最後面的房間裡；過了很長一段時間，王勝邦才透過玻璃看到朱添梅慢慢走向溫文仲。

她在溫文仲面前小心翼翼撫平手中一張皺摺泛黃的紙片，然後戴起老花眼鏡、仰頭仔細詳看紙片上的字。

上頭寫了孫順賢在非常久以前提供給嫂子朱添梅的一個坊間祕法，據聞這項不外傳的祕法已經在土公、撿骨師間流傳百年，是能夠與亡者溝通的法術。

朱添梅看很久，然後要溫文仲跟她一句一句念出像咒語般的歌謠。

朱添梅斷斷續續念出歌謠，她感覺相當陌生，那個樣子像是過去曾經聽過一、兩次，但時間久遠，記憶已經模糊，因此念誦過程中，朱添梅花很多時間在反覆推敲歌謠的正確性。

歌謠很長，彷彿沒有盡頭，由於朱添梅沒有告訴溫文仲爲甚麼要念這些歌謠，加上他一直掛記滿屋子的客人等他服務，溫文仲顯得有些不耐煩。

歌謠的內容是這樣的：

趴鼎金，選五子，
五子領奇能，本領通天萬事成。

一個大王作穡人，
仁德心，孝慈親。
驚熱蒙棕簑，種籽敥歸堆，
煩惱天未光，煩惱鴨無卵。

二個大王讀冊人，
智慧深，佛撞鐘。
出世肚子大，自然會唱歌，
人睏紅眠床，伊睏冊房間。

三個大王渡船仔，
啼三聲，予人驚。
飯篕核韆鞦，鍋藝水裡泅，
龍船鼓水渡，水車拍碌磚。

四個大王放雞鴨，
人見人愛，笑開懷。
雞母換雞鵟，雞鵟會生卵，
有米兼有飯，欲食各自揀。

老五拿針縫水水，
丈人鞋，甜紅粿。
媠衫給你穿，媠帽給你戴，
嬰仔無愛哭，挈你去看戲。

趴鼎金，五囝仙，各司本領藏奇兵，
五仙護百姓，年年過好年。

就在歌謠念完的時候，溫文仲感覺這個店內除了朱添梅、鄭淑娟、自己之外，還多了一個人。

然後，溫文仲看見王勝邦推開玄關的玻璃門走進來，立刻哭了。

溫文仲跟以前一樣，喊王勝邦大哥，但他自己已經八十多歲，而王勝邦卻還維持三十七歲的模樣。溫文仲過去與王勝邦的交情很好，兩人情同兄弟，當時溫文仲剛來覆鼎金進行都市更新調查，王勝邦也調來下鄉教學。

朱添梅為了讓溫文仲能看得更清楚，她在王勝邦身邊點上許多蠟燭，並關掉電燈。溫文仲要王勝邦看看朱添梅與鄭淑娟身上的圍裙，王勝邦笑了，他們都記得那是許多年以前，溫文仲買給唐麗芳的那一批圍裙。

溫文仲告訴王勝邦，當年唐麗芳要自己去婦產科迎接新生兒，卻不知嬰兒出生後沒多久就死了。溫文仲怕唐麗芳難過，佯稱孩子還活著，一段時間過去，唐麗芳發現眞相，向溫文仲提告幾天假，要溫文仲盡力爲覆鼎金做些甚麼，人便消失了。

後來，地方上傳言，有人在澄清湖底見過唐麗芳。

這樣的傳言不只一則，有人曾在冬季最冷的那幾天，看到唐麗芳穿短袖短褲繞澄清湖快走；有人朝湖水探頭，卻映出陌生女人的臉孔；還有人說，澄清湖無法像其他湖泊一樣打出連續的水漂兒，是因爲這裡湖水太濃稠，就像血液。

溫文仲經常想著這些傳言出神，尤其在那場漫長大雨的期間，他養成了每天早餐後、午餐前發呆的習慣，外表看去像整個人放空，但其實他的腦中反覆想著唐麗芳與王勝邦。

溫文仲說，自己在這個湖邊待了五十年，他發現每年清明前後的初一，月亮最暗的時候，從湖面某處丟下點著的蠟燭，會看到燭光筆直下墜，穿越湖面，落進湖底，在燭光的照射下，從湖面便能清楚看見湖泊底部。

他說，每年這個時候，他總會看到唐麗芳在湖底向他搖手，他也終於明白過去每天黃昏朱添梅、鄭淑娟在棧台上看的是甚麼，也許一樣是唐麗芳，也許是孫順達，或吳木山，但不可否認他們三人都被這個湖水吸引，永遠不能離開。

溫文仲很想念唐麗芳，好幾次想跳入湖中，陪伴唐麗芳，但他記得唐麗芳當初離開前曾交代要溫文仲好好爲覆鼎金做事。

其實，即便不是唐麗芳的請託，溫文仲也不可能離開覆鼎金。

他告訴王勝邦，這幾年這個地方的變化太大，已經不是從前的樣子，自己好幾次在這個再熟悉不過的地方迷路。

那場大雨之後，覆鼎金一直蒙著一層像迷霧般的東西，讓人看不清楚。這層迷霧不是視覺上的，而是心理上的。當時溫文仲剛經營餐廳沒多久，一個週六早晨他開門準備做生意，發現自己看每一樣東西都是模糊的。

溫文仲花了一點時間才發現，眼前的東西並非模糊，而是有距離。他拿抹布想擦桌子，以爲自己已經觸碰到桌子，但其實還有一段距離；他搬著椅子想走到另一側的門口，卻發現怎麼樣也走不到，門口好像隨著他前進，而以相同速度後退。

他問朱添梅與鄭淑娟會不會跟他一樣，看任何東西，覺得東西好遙遠。

「這個世界上沒有甚麼是不遙遠的。」兩個老婦人這樣回答。

凌晨十二點剛過，溫文仲問王勝邦想不想看唐麗芳。

他說完不等王勝邦回答，從櫃子裡拿出一本翻開在四月五日的日曆，掛在牆上。日曆上標示著農曆初一，清明節。

溫文仲披上外套，戴一頂鴨舌帽，同時請朱添梅與鄭淑娟帶著蠟燭。

離開餐廳前，王勝邦向溫文仲要了一瓶礦泉水。

在船上，朱添梅一直要溫文仲跟著唱之前教他的那首歌謠。溫文仲唱唱停停、心不在焉，他一下子向朱添梅與鄭淑娟確認王勝邦是否在船上，彷彿自己看不見王勝邦；一下子他又神情愉悅與王勝邦說話，就像他剛剛消失，現在又出現。

四個人搭乘的槳船在沒有燈光的情況下，慢慢划向澄清湖心。

當划槳不再拍出水聲時，溫文仲停船，並朝湖面丟擲石子。

石頭直接穿過水面，沒有出現任何水花或漣漪，接連幾個石子都是如此。溫文仲把朱添梅帶來的五根紅蠟燭全部點燃，紅蠟燭每根都有一個手掌長、三根拇指粗，燭光明亮耀眼。

溫文仲朝剛剛丟擲石頭的位置，將蠟燭丟進水中。

五根蠟燭的燭光穿過湖面，一路直達湖泊底部，照亮澄清湖湖底。溫文仲丟進蠟燭後，彷彿著魔一般，雙眼望著湖心，渴切而且空洞。

王勝邦站起身，探頭朝湖心看，他聞到一股非常古老的水的味道，所有過去斷斷續續，不連貫的事物，如今全都串連在一起。

那個時候，對王勝邦而言，一瞬間等於永恆，永恆也只是一瞬間。

王勝邦回頭看看朱添梅，又轉頭看看鄭淑娟。他們兩人分別抬頭對王勝邦微笑，好像能感受王勝邦心中的想法。

王勝邦再轉頭看溫文仲，他出神望著湖水，一動也不動。溫文仲那一刻似乎又看不見王勝邦了。

最後，王勝邦從船側探出身體，對著湖底燭光照亮的方向，慢慢傾斜，接著倒入湖中。

當王勝邦再次在洞窟內醒來的時候，他很清楚這是自己最後一次甦醒。

在過去，王勝邦認爲界定眞實與虛構的唯一方法，是看其中的事物能否受自己控制：眞實世界的一切不受控制，沒辦法事先設計安排；但虛構的正好相反。

王勝邦發現，所有事情似乎一開始就已經被安排，過去他雖然知道這樣的情況，卻無法分辨虛構與眞實。那中間用來區隔的線，太細、太模糊。

他心裡想著這些事，耳中不時傳來朱添梅、鄭淑娟唱的歌謠：「趴鼎金，選五子。一個大王作穡人，二個大王讀冊人，三個大王渡船仔，四個大王放雞鴨，老五拿針縫水水，趴鼎金，五囝仙，各司本領藏奇兵，五仙護百姓，年年過好年。」

然後，王勝邦打開溫文仲給他的瓶裝水，倒滿躺在身邊郭韋瑄、梁育廷、孫宏軍、吳子淳頭上的夾砂紅陶罐。

他聞到空氣裡古老的水的味道變得濃稠，然後四個孩子的靈魂陸續從各自的小拇指尖端滑出，像棉花糖機器前，隔空纏繞的棉花糖細絲。王勝邦想起自己當初也是這樣重新回到這裡的。

31

郭韋瑄是第一個跟王勝邦說話的孩子，當她一開口跟他說話時，王勝邦注意到自己開始從三十七歲變成十歲孩童的模樣，包括身高快速從一百七十多公分縮減成一百二十公分；手指、手背上的皺紋消失，皮膚變得光滑；看東西的視線清晰明亮；連說話的聲音也變成稚嫩的童音。

這一刻，王勝邦看四位孩子，感覺像在照鏡子，大家都是小學生。

洞窟的兩面玻璃映進湖水光線，梁育廷與孫宏軍花了一點時間，徒手清除洞窟石壁上的青苔，一些刻在牆上的古老文字，頓時從青苔後面露了出來，被滿室的湖水光線照得清楚可辨。

王勝邦照著這些字念，發現正是朱添梅、鄭淑娟念的那首歌謠。

梁育廷告訴他，更久遠以前的覆鼎金居民都會唱這首歌，內容是說：覆鼎金選中五個孩子保護祂的祕密，這五個孩子因而擁有神奇的天賦能力，與通天的成就。

第一個孩子務農，擁有有仁德慈孝的心，晴天戴笠、雨天披簑，勤奮農忙從不懈怠，就怕收成欠佳；第二個人很會讀書，他的智慧好像佛敲鐘鼓一般源深流長，傳聞這個人一出生就會唱歌，大家童年時期睡的是嬰兒房，他卻睡書房；第三個人幫人撐船渡河，他開口大喊三聲，沒有人不被他的大嗓門嚇到，因爲力大無窮，船槳在他手中揮舞就像拿飯杓一般輕鬆；第四位養雞養鴨，人緣極好，每個人見到他都打心裡高興，願意拿家裡年輕的母雞跟他交換；第五的人懂縫補漂亮的東西，包括討好老丈人的新鞋子、讓嬰孩破涕爲笑的新衣帽。這五個孩子各自不同的天賦，保佑地方百姓年年都能平安。

王勝邦終於知道，郭韋瑄、梁育廷、孫宏軍、吳子淳是覆鼎金留給世人的四種天賦；而且，從來就不存在洪嘉枝這個女孩，曹謹與自己正是第五種天賦的擁有者：留住美好的能力。

同時，王勝邦也了解這個世界上沒有永恆不滅的事物，因爲會消逝，所以最美好。那些會消逝的事物往往發生在一瞬間，包括：兒子王聖任死亡、前妻黃淑華離異與瘋癲、藏在五子身上的祕密、墓區廢止、覆鼎金地區面對都市更新。

王勝邦想起一件很久以前發生的事，這件事經過這麼多年，他早已逐漸淡忘，但如今卻清晰回憶起來。

那一年，是自己到覆鼎金的第一個冬天，下課離開學校時，天已經全黑。王勝邦沿著校門前紅磚道走，穿過兩條街，準備轉進早晨是傳統市場，但中午過後便收攤無人的區域。

一個在路邊撿拾垃圾的老嫗告訴他，繞旁邊走，不要直接穿過菜市場。

「你這個外地的，進去會出不來啦。聽阿婆的話，走旁邊。」

王勝邦那時剛到覆鼎金，不認爲自己會被困在菜市場中，就趁拾荒阿婆轉身，從一個堆滿水果紙箱的鐵架後走進去。

這個傳統市場由一百多個攤商組成，一開始只是幾個肉販、菜販聚在一起叫賣，一段時間之後發展成後來的規模，有遮雨棚、有走道，從空中鳥瞰就是一塊四四方方的市集，四邊各有兩個出入口。

因爲有遮棚，市場內沒甚麼自然光線，做生意的時候全靠攤販的電燈照明，休市後幾乎一片黑。若是白天，從一邊的出入口，能看見另一端出入口的陽光；但當時已經天黑，市場內的王勝邦頂多只能看到對面出入口外的路燈光線。

休市的傳統市場乾淨整潔，各家攤販打烊前都用水清洗過，紙箱架子整齊堆放，與白天營業時完全不同；市場中唯一不變是空氣裡的味道，跟營業時一樣，飄散著混雜各種食物、水果、魚肉與人體的汗味。

這個味道，王勝邦想起自己小時候曾聞過，似乎每個傳統市場的味道都相同。那時的王勝邦只有十歲，被人牽著在每個攤子前走走停停，不時有長輩伸手拍頭捏臉，離開市場時，全身都是魚腥肉油味。

有一次，小王勝邦不想再被市場的叔伯阿姨逗弄，趁大家不注意，他偷溜到賣鳳梨與雞販的攤子中間。這兩攤的雜物都堆到了天花板，一邊是水果紙箱、一邊是雞籠。

小王勝邦側身擠進兩種堆貨的夾縫中，原先他的臉朝向鳳梨的那一側，沒想到才走一半就後悔了，因為鳳梨攤販後面堆放的紙箱全都潮濕腐爛，傳來陣陣惡臭。

他一邊推進身體、一邊轉身。小王勝邦推估，最後幾排的雞籠應該沒有雞，空的雞籠氣味應該會比爛鳳梨紙箱好。他打算躲幾個小時，等市場休息再溜出來。

小王勝邦的預測沒錯，最後頭的雞籠沒有裝雞，全是乾淨的籠子。

他在裡面站了幾分鐘，正開始覺得自己這麼做其實很無聊的時候，小王勝邦發現幾層雞籠之外，有一雙眼睛正在看他。

他不覺得奇怪或害怕，但知道那不是雞的眼睛，比較像是人的眼睛，而且跟他一樣是小孩。眼睛最後增多成四雙，然後消失。小王勝邦累得站在這些雞籠、紙箱間睡著了。

當小王勝邦醒來時，天已經全黑，市場也打烊，只有市場四面的出入口照進微弱的路燈光線，四周完全沒有人。

他鑽出雞籠，朝燈亮處跑去，就在即將衝出市場的那一刻，他看到馬路對面，一個成人正牽著一個小孩背對小王勝邦走遠。

小孩回頭時，小王勝邦清楚看到那個人就是自已。

小王勝邦不敢追上前，站在原地看他們離開，他一邊數他們的腳步，到一百九十二的時候，才發現自己不知不覺間做了一件一直以來總特別提醒自己，千萬小心避免的事。小王勝邦看見成人與另一個自己，在遠方慢慢浮升到空中，他們手牽著手，好像一高一低的氣球愉快飄浮。

小王勝邦以爲跟他一起飄到半空的是他的父親，那晚回到家，他看見父親一邊用竹扇揮趕腿上蚊子、一邊對電視剔牙，知道那個成人並不是自己的父親。

從那天開始，王勝邦就比其他小孩更獨立，他不怕黑、不會迷路，彷彿沒甚麼能困住他。所以他不認爲自己會被困在覆鼎金的傳統市場裡。

那時，是王勝邦到覆鼎金的頭一個冬天，他從堆滿紙箱的鐵架後走入市場後，馬上感覺裡頭溫度比外面低。他看到市場四面各有幾個亮點，知道那就是出入口，跟所有菜市場一樣。王勝邦心想，只要朝著亮點走到底，一定就能從市場的另一側離開。

那個晚上，他在市場裡繞了將近四小時，卻還是沒辦法離開。

他先是發現自己無論怎麼走，就是無法靠近對面出入口的光源。筆直的路線理應直直穿過市場，但王勝邦就像原地踏步。

十幾分鐘後，王勝邦改朝左邊出入口的光源走去，依然靠近不了，左側的光源甚至不停左右移動，像商店招牌燈。王勝邦再改往右側，同樣也是無法靠近，光源上下跳動，彷彿在開他玩笑。

一個小時經過，王勝邦發現原本黑漆漆的市場變得更冷，也更暗。原本，他還能辨識身邊的攤位貨架，但後來視線幾乎全黑，只能看見四邊遠處出入口的小亮點。

王勝邦用手觸摸，以盲人的方式前進。這時，他發現自己摸到一塊洗石子觸感的東西，停住腳不再往前，仔細觸摸後才知道這是一塊墓碑。王勝邦再走幾步，腳踝有被草搔癢的感覺，同時發現菜市場的魚肉菜味消失了，鼻子聞到戶外才有的冷冽空氣。王勝邦甚至覺得自己聽到蟲叫。

接下來的三個小時，王勝邦彷彿走在戶外，他好幾次誤以為抬頭就能看到星星。四周的光線逐漸變得沒有原本那麼暗，反而能模糊看到環境，王勝邦發現自己正走在墓地中。

他避開斜插在地上的墓碑、繞過突出的墳龜，一直到後來天亮，王勝邦才注意到這些東西原來只是肉販晾乾的砧板，與倒扣的鋁臉盆。

後來只要離開學校太晚，他就會刻意繞行市場，不再穿越，直到他開始進行班上學生的家庭訪問，幾次走進覆鼎金墓區，才發現那次在傳統市場裡面的就是這塊墓區。

32

離開地窖的時候，孫宏軍要大家緊跟著他走。郭韋瑄、梁育廷、吳子淳、王勝邦，就像國小放學門口的學生隊伍，一個接一個，在潮濕積水的甬道前進。

王勝邦記得之前甬道通往的出口，是金獅湖保安宮的大殿後面，他自己親自走過，不會記錯；但當大家跟著孫宏軍走出甬道時，他才發現竟是覆鼎金墓區的萬應公廟。

五個人從萬應公廟後面的鐵柵門走出來，當時天空微亮，像黎明或黃昏。

孫宏軍帶著大家逆時鐘繞萬應公廟走三圈，剛走完，天空便開始下起雨來。

雨滴很大，萬應公廟前的柏油地面，與廟本身的水泥牆面，顏色馬上變深；而且由遠而近傳來降雨的沙沙聲，瞬間籠罩整個覆鼎金墓區。

大雨一下子模糊視線，讓眾人看不見遠處的建築物與山丘，雨幕前，唯一可見的是附近植物被大雨打彎，與地面因雨勢揚起塵土的畫面。頓時所有東西都濕透了。

只是，這場雨像幻覺，當眾人走回萬應公廟內的時候，沒有一個人淋濕。好像這是一場幻想構成的大雨，看得到、聽得到，卻不是眞實的。

五個人從萬應公廟後面，順著原來的路走進甬道，走回原來的密室。第二趟由梁育廷帶隊，大家再度走出密室唯一一條甬道，這次連接的出口卻是道德院的閉關室。王勝邦這時候才發現，原來閉關室內靠近門口的陰暗處，有一口老舊的古井，這口古井他過去不曾留意過。

五個人從古井爬出來，跟著梁育廷逆時鐘繞道德院三圈。原本四周只是滂沱大雨，在眾人繞完三圈後立刻颳起大風，雨勢也更大。

大風颳亂降雨的方向，更發出驚人聲音，聽起來就像劇烈翻書，有千萬張紙片在半空飛舞。王勝邦等人的衣物被吹得發出巨響，頭髮也被吹得沾黏在臉上，必須用手撥開才能看路。

眾人回到閉關室，跟在萬應公廟的情況一樣，沒有一個人淋濕。

大家沿著原來的甬道回到地窖，第三趟由吳子淳帶路，一樣的甬道走出來，卻是覆鼎金墓區那一大片回教墓地的主墳。

這是在台灣的穆斯林爲外國船員、貧窮穆斯林所建的公墓，台北六張犁、白沙灣、台中大肚山，以及高雄覆鼎金都有。吳子淳帶大家繞著回教公墓中間的主墳，同樣以逆時鐘的方式走三圈。

一瞬間，原本劇烈的雨勢變得更大，吵雜風聲裡夾帶大量鴨隻的喧鬧，有鴨子呱呱的鳴叫聲，也有鴨子振動翅膀的聲音。

從回教公墓的斜坡上遠眺，整個地區因風雨而一片白茫茫。成千鳥兒緩緩從遠方而來，一開始大家以爲是鷺鷥鳥，等飛過眾人頭頂，大家才看清楚是鴨子，幾千隻鴨子朝金獅湖與澄清湖的方向飛去。

五個人看了一陣子，順著原路走回甬道，返回地窖。第四趟由王勝邦帶路，這次甬道通往的，就是保安宮主殿神像後面的樓梯。

王勝邦等五人爬出樓梯，繞過神像，站到主殿門口。主殿前面通往廟埕的白樓梯已經淹至一半的高度，整個廟埕廣場因爲積水變成水塘，與金獅湖連成一片。

當初保安宮興建時，整間廟的地基被規劃高出地面半層樓，遠遠看去就像一座隆起的露台；當時不少居民傳言，那樣的高度是爲了能藏入更多清代留下的黃金，如今卻證明只是讓大殿不被雨水淹入的設計。

遠遠看去，保安宮前面、金獅湖外的住家全都淹到小腿高度，甚至可能更高。家家戶戶門窗緊閉，乍看下像是每戶都在屋內躲避風雨，但仔細再看，就會發現其實這些住屋早已無人居住；歪斜沒有關緊的窗框、褪色殘破的春聯，還有陽台上已經碎裂缺頭的小石獅擺飾。

王勝邦心想，應該不只保安宮這一帶的住戶撤離，恐怕整個覆鼎金地區的居民都早已疏散。

從保安宮廣場延伸出去的積水，從鼎金後路、鼎金中街，一路漫至鼎力路、鼎新路、天祥一路、金鼎路、金陵街。這些路段不僅全都淹水，放眼所及，還游滿了鴨子。

這些鴨子是剛才飛越墓區上空的鳥禽，牠們羽色雪白，布滿每條街道，有些振翅游水，有些伸長脖子亂叫，牠們密布各處，一點一點開著白花，像因爲過度潮濕而叢生的黴。王勝邦相信，在更遠的看不到的街道上一定也充滿水鴨。

王勝邦跟孫宏軍、梁育廷、吳子淳一樣，帶著大家開始以逆時鐘方向繞行保安宮。

五個人沿著主殿四邊的白色欄杆內側走，地基較高的保安宮這時彷彿一座汪洋中的孤島。當繞完三圈，雨勢大到看不見任何東西，大風甚至吹落好幾片保安宮的屋瓦。

這個時候，巷道上的鴨群陸續朝保安宮游來，附近住宅也完全隱沒在大雨的白霧中，再也看不到了。

眾人返回主殿神像後面的樓梯，五人身上還是乾的，大家再度鑽進唯一的甬道，走回地窖。

第五趟由郭韋瑄帶隊，甬道連接的是墓區山頂的日本納骨室，眾人抵達後，同樣以逆時鐘的方向繞三圈。

這時空氣中傳來一股濃烈的氣味，最先被辨識出來的是鳳梨味，接著則是各式各樣植物的氣味。

大雨瘋狂傾瀉，四周幾乎到了伸手不見五指的程度，看出去一切都是白茫茫的。

王勝邦想起保安宮洪徐玉鳳在窗邊的巨幅刺繡，那些環繞的陶罐、倒翻扣置的巨鼎、曹謹指揮治水、曹公圳動工開挖、傾盆大雨、盛在巨鼎中的大浪，還有連接保安宮、道德院、日本納骨所、回教公墓、萬應公廟的蛛網密布圖。

這些圖案，與道德院江宛蓉天仙歸元的密室中，潮濕陰暗浮現的圖案；以及日本納骨所內，被竊後又長回原狀的石雕，記錄的都是同一件事：爲了保護覆鼎金的靈性，五囝仙必須降雨水淹覆鼎金。

擁有仁德之心的郭韋瑄、追求眞理智慧的梁育廷、永恆力量的孫宏軍、哲人魅力的吳子淳，與具備留住美好能力的王勝邦，這五個人繞行日本墓塚三圈之後，站在墓所前面，靜靜看著整片大雨籠罩覆鼎金。

這裡是墓區的制高點，能俯瞰整個覆鼎金，過去沒下雨的時候，這裡的視線甚至能遠眺大高雄南區。

在五個人安靜觀看雨勢時，不斷有鴨子從遠方冒雨飛來，彷彿有個生產水鴨的工廠，在雨幕後面快速製造鴨子，然後丟進雨中，讓牠們朝覆鼎金飛來。

包括王勝邦在內的五人都知道，這場大雨之後將連續降下兩個月又十六天。這段時間內，沒有撤離而躲在墓區內殘存的覆鼎金人們，只能靠燃燒鴨隻的羽毛，與食用鴨肉度日。

郭韋瑄告訴王勝邦，這就是「澆鼎」，如同把原本覆蓋的鼎翻正，倒入水。

大量的水會順著曹謹挖鑿的圳道，將整個覆鼎金淹沒。當曹公圳的明圳、暗圳都是水的時候，任何人進入覆鼎金這塊區域都可能導致地面塌陷；而墓區這座山丘則是唯一不會被大水淹沒的地方，也是幾千年來亡者聚集之處。

大雨造成的淹水需要一百多年的時間才會退去，兩百年前曹公圳完成後，立刻發生了一次澆鼎，那次澆鼎的水到五十幾年前才完全退去。

每次澆鼎前，五囝仙就會出現，作爲對地方的提醒。覆鼎金爲了保護自己幾千年的靈性，寧願讓這個地方淹成湖泊，這也是爲甚麼長久以來覆鼎金的開發遠不如高雄其他地區，而覆鼎金的居民能具備其他地區的人們所不曾擁有的五種天賦。

五個孩子站在最高的山丘，看覆鼎金慢慢變成一個巨大的湖泊。

雨持續下，不斷有貝殼自地面下湧出，漂在水上。

偽後記

深夜，「五囝仙」的編輯習題

郭金明

新書《五囝仙偷走的祕密》出版前，我疲憊得幾乎無法入睡。原因除了製作時間緊迫，還有一個重要因素是：這本書的作者，差點從這個世界上消失。

一個月前，作者來信告訴我，這本十萬多字的長篇小說在講一個看似清楚、卻又遙遠的故事，校稿重讀，消耗心神，那段期間他好幾次躺在床上，滿腦子還是書中那些人物，跑來跑去，不願休息。

作者說，剛開始的情況是這樣的：每次當他躺上床，頭部準備靠近枕頭時，總能聽到從床緣傳來幾個人壓低嗓門窸窣竊語的聲音。起初，他認爲是壓力引起的幻聽，聲音不大，卻足以干擾睡眠，好像在討論甚麼，但又聽不清楚。奇怪聲音引起的失眠連續了幾天，擾亂他原先規律的日常生活。

他嘗試了朋友從美國帶回來名叫「Hello Kitty's Kiss」的新款安眠藥，外型橢圓扁平、亮粉紅色，有著水蜜桃香味，相當討喜，放在舌尖和水吞下時，會感受到一絲奇特甜味衝出，新奇有趣。他說，只是藥效不佳，吞了幾夜，失眠狀況不見改善。

兩週後，他旅居西班牙的友人寄來幫助睡眠的科技眼罩，希望能協助脫離失眠。這款叫做「Veloso's Eye」的眼罩與一般眼罩無異，外型扁平橢圓、亮黑色，戴上有一股尼龍料氣味，不是很好聞。包裝盒上說明，這款眼罩能釋放低週波幫助睡眠。

我回信問作者，爲甚麼你因噪音失眠，朋友卻送你眼罩？作者沒有回答，只是幾天後，他來信說眼罩無效。

而且作者說，之前的幻聽變成幻視了。他告訴我，第一次戴著眼罩躺下後，耳朵依舊聽到竊竊私語，這個聲音由床緣慢慢靠近。當他直覺反應朝聲音轉頭，想一探究竟時，他看到了一大群只有手指長度的小人，正企圖爬上枕頭。作者信中描述，這些小人與常人無異，只是等比例縮小，所有四肢軀幹五官一應俱全，唯一比較特殊的是，這些人的手指尖都在發光，忽明忽暗地綻放一種類似呼吸頻率的螢光綠色。黑暗中，小人們攀上枕頭，蹦蹦跳跳，在作者耳邊像群快樂的螢火蟲。

這些小人就是《五囝仙偷走的祕密》裡的那些人物。作者信裡說得斬釘截鐵，就像電視節目配上字幕後，人物間的對話突然變得清晰可辨；他說戴上眼罩、看見他們後，原先耳裡窸窣模糊的呢喃，變成清楚的內容。

作者告訴我，他連續聽了幾夜，才聽懂這些小人在議論甚麼，不過詳細內容作者沒說，我也沒興趣多問，畢竟從事叢書編輯這些年，見識過不少奇人異事，多半聽聽就好，不用放心上。

新書封面設計出爐當天，作者的手機沒開，我一直到晚上仍沒和他取得聯繫。當初書封討論時，作者相當積極，我自然也想在拿到設計稿的第一時間，趕緊拿給他看看。晚上我寫信給作者，附帶了書封設計圖，希望他儘快回覆我。

只是接下來的一個禮拜，我因爲同時必須完成其他書籍，而忽略了作者遲遲未有回信，是直到設計師來電問我何時回覆書封稿，我才驚覺有好一段時間沒跟作者聯絡，於是我打了這陣子以來給作者的第一通電話。

按鍵撥完，話筒傳來占線的沉穩嘟嘟聲，就在我準備掛上時，占線音竟變成奇怪的喀啦聲響，聽起來像在桌面放東西的聲音，我趕緊再撥第二通過去。這次電話馬上接通，接電話的是作者本人，但他的聲音倉促模糊，像是摀著話筒說話，他不等我開口，接通便說：「我寫信給你，別再打來。」

電話掛上半個鐘頭後，我收到作者來信。密密麻麻的內容，好像在寫論文，我很納悶他怎麼能在如此短的時間內，寫這麼長的一封信。信中作者說他遇到了大麻煩，想要取消出版。

我看完來信第一行，整個人差點昏倒，新書製作已經接近尾聲，行銷通路也都通報完成，箭在弦上，怎麼可能說取消就取消。我接著讀信，發現內容顛三倒四、言詞閃爍，作者似乎在恐懼甚麼，看得出是在極度緊張、慌亂下寫完信的。信中作者說他知道了某些祕密，可能會有危險。

回信的時候，我特地在「出書前作者總是很焦慮，編輯則故做鎮定」這句結語後加上笑臉符號，希望能安撫作者，同時讓他明白不可能取消出版。

出書一周前的周五中午，我沒跟同事一起午餐，埋頭趕著出清另一本書的稿件，《五囝仙偷走的祕密》的作者不知何時出現在桌子旁，把我嚇了一跳，尤其十月大熱天，他又是圍巾、又是手套，讓我看了心底發毛。那次我們在會議室足足待了一個多小時，他不斷要我取消出版，我則是想問清楚原因。

「要出版可以，但你要相信我說的，這本書所寫的都是虛構的，這是一本討論虛構的書。」

我告訴作者，小說都是虛實參半，他實在不需要為此煩心。他聽完後變得非常激動，身體前衝、雙眼瞪大，講了一大串關於他那本長篇小說的細節。作者說，小說裡的人們因爲相信任何事都可能發生，因此一步步走向毀滅，尤其王勝邦與整個覆鼎金的居民，到了最後因爲無法分辨眞實與謊言、現實與虛構，以致弄混了自身與他人的記憶。

「你看那個幼年靠報紙上的油墨與牆角跳蚤塵　維食，彷彿怪物的江宛蓉，爲甚麼後來證得眞理、羽化成仙？而那個王勝邦竟然一覺醒來，發現神智潰敗的妻子與早已死亡的兒子皆獲重生，爲甚麼？」作者的呼吸聲大得嚇人，他盯著我看，像要說服我，或是說服他自己，接著說：「因爲書中的洪徐玉鳳就說過『這個地方有太多傳說，而每個人又深信不疑』。」

作者在慌亂與焦慮的神情中，反覆錯亂地想向我表示，這本書全由他虛構，毫無半點眞實成分。然而，編輯過程中，我曾查詢作者所寫的內容，其實很大一部分是屬實的，包括高雄縣市合併、覆鼎金都市更新、保安宮與道德院的細節、清代曹謹修圳治水、兩千年前蔦松文化，以及覆鼎金這塊土地現今與過往的種種大小事。

就在我反問他關於覆鼎金土地的靈性，與五囝仙這種一看就知道是虛構的事情時，作者突然尖叫，他用幾乎崩潰的嗓音阻斷我說話，「不要管那個，不要管，拜託，求求你，忘記這些。」

他的模樣讓我不寒而慄，彷彿最後這個明顯是虛構的事，反而才是眞的。

作者要我甚麼都別管，只要相信他的小說是虛構的，這樣就好。我被他弄得神經緊張，正當心裡滴咕同事們爲何還不快點回來時，突然想到，除了我之外，出版社內沒有其他人見過作者。

「但就算不相信你，也不會怎麼樣吧？」

不！

「你一定要相信我，一定要相信這是一本虛構的書，相信這一切都不是眞實的，他們已經警告我了，那些枕邊小人，」作者奮力揮動戴著毛線手套的手，不斷撥弄耳朵、脖子：「他們說，只要有一個人相信我說的，就放過我。」

說眞的，作者嚇到我了。

「你要是不相信我，我會消失的，求求你，拜託。」他激動哭起來，同時一邊脫下左手手套。

可怕的事情出現了。

作者左手的五根手指竟然是透明的。

他的手指皮膚、肌肉像玻璃一般透明，能看透裡面的血管與骨頭。作者在我面前握起拳頭，再慢慢張開，透明的肌肉因爲這些動作，泛起些微震動，就像透明果凍那樣不眞實。一分鐘後，他戴上手套，神情萬念俱灰。手套拉到手腕後，完全看不出異狀。

隔周五，《五囝仙偷走的祕密》順利出版，週末也如期在大型連鎖書店舉辦新書分享會，我與幾個同事都到現場幫忙。只是當作者從遠處走來，跟眾人打招呼時，我發現他並不是我見過的作者，而是完全沒看過的陌生人。

二〇一二年十月三十二日

文學叢書 344

五囝仙偷走的祕密

作　　者　謝鑫佑
總 編 輯　初安民
責任編輯　洪玉盈
美術編輯　黃昶憲
校　　對　吳美滿　謝鑫佑　洪玉盈

發 行 人　張書銘
出　　版　INK印刻文學生活雜誌出版有限公司
新北市中和區中正路800號13樓之3
電話：02-22281626
傳真：02-22281598
e-mail：ink.book@msa.hinet.net
網　　址　舒讀網http://www.sudu.cc

法律顧問　漢廷法律事務所
劉大正律師
總 經 銷　成陽出版股份有限公司
電　　話　03-3589000（代表號）
傳　　真　03-3556521
郵政劃撥　19000691 成陽出版股份有限公司
印　　刷　海王印刷事業股份有限公司

港澳總經銷　泛華發行代理有限公司
地　　址　香港筲箕灣東旺道3號星島新聞集團大廈3樓
電　　話　852-27982220
傳　　真　852-27965471
網　　址　www.gccd.com.hk

出版日期　2013年 1 月　初版
ISBN　978-986-5933-57-9

定　價　290元

國家圖書館出版品預行編目資料

五囝仙偷走的祕密／謝鑫佑 著；
－－初版，－－新北市中和區：INK印刻文學，
2013.1　面；14.8×21公分（文學叢書；344）
ISBN 978-986-5933-57-9（平裝）
857.7　　101026626